PROJET ADAM

Katherine Applegate
& Michael Grant

PROJET ADAM

Traduit de l'anglais (États-Unis)
par Éric Marson

La Martinière j.
FICTION

Photographie de couverture : © Nick Veasey/Getty Images

Édition originale publiée en 2012 sous le titre *Eve and Adam*
par Feiwel and Friends Book, une marque de Macmillan, New York.

ISBN : 978-2-7324-5837-3

Conforme à la loi n° 49-956 du 16 juillet 1949
sur les publications destinées à la jeunesse.

www.lamartinierejeunesse.fr
www.lamartinieregroupe.com

I

Eve

Une pomme ! C'est l'image qui m'est venue à l'esprit quand le tramway m'a percutée, me brisant la jambe et me broyant le bras.

Une pomme ! Je l'avais vue sur l'étal d'un marchand de fruits et légumes au marché bio de Powell. Une belle McIntosh rouge, posée au milieu d'une montagne de Granny Smith bien vertes.

Quand on meurt – je me faisais cette réflexion tandis que j'étais propulsée dans les airs tel un oiseau qui vient de percuter le pare-brise d'une voiture –, on devrait penser à l'amour. Ou, si ce n'est à l'amour, on devrait au moins se remémorer ses péchés ou se demander pourquoi on n'a pas attendu que le petit bonhomme passe au vert.

Mais penser à une pomme !

Je me souviens parfaitement du crissement des freins et des cris horrifiés des passants. J'ai aussi entendu mes os éclater en mille morceaux avec un bruit étonnamment délicat, comme celui d'un carillon de bambou agité par le vent.

Une forêt de jambes m'entoure. Il y a un vélo aussi. À travers sa roue avant, je peux lire l'affiche du magasin Lady Foot Locker : « 30 % de réduction, aujourd'hui seulement ».

À ce moment-là, j'aurais dû penser à l'amour. Pas à une pomme, et encore moins à une nouvelle paire de Nike. Mais j'ai vite arrêté de penser et, tout à coup, je me suis mise à hurler.

★

J'ouvre les yeux ; une lumière clignote. C'est certain, je suis morte. Je dis ça parce que dans les films, lorsque quelqu'un meurt, il y a toujours un tunnel avec une lumière qui scintille au bout.

— Evening ? Reste avec nous, petite. C'est joli comme nom, Evening ! Regarde-moi, Evening. Tu es à l'hôpital. Qui doit-on prévenir ?

La douleur m'écrase. Je prends conscience, soudain, que je ne suis pas morte ; mais je ne suis pas certaine que je n'aurais pas préféré l'être. Car, alors, j'aurais peut-être eu envie de respirer plutôt que de crier.

— Evening ? On t'appelle Eve ou Evening ?

Je distingue des surfaces vaporeuses et blanches sur fond rouge au-dessus de moi, comme des voiles nuageux sur un coucher de soleil. Ça se déplace, ça bouge, ça marmonne même. Je perçois des bribes de phrases, des murmures. Ces nuages ont un air sinistre et déterminé. Ils parlent par fragments.

Vital. Opération. Notifier. Permission. Critique.

— Evening ? Qui doit-on appeler ?

— Vérifie son téléphone. Mais qui a planqué son téléphone, bon sang ?

— Je ne le trouve pas. J'ai juste sa carte d'étudiante.

— Comment s'appelle ta maman, chérie ? Ou ton papa ?

— Mon père est mort, je réponds.

Mais mes paroles sortent dans un sifflement d'air imperceptible, comme si je murmurais une chanson. C'est une sensation étrange que de ne plus être capable de se faire entendre. J'ai tout de même obtenu un C+ en chorale. Ce n'est certes pas une note fabuleuse, mais voilà qu'à présent plus un mot ne sort de ma bouche.

Mourir serait tellement plus agréable, maintenant... Mon père et moi, juste nous deux... Fini, tout ce cirque autour de moi !

Électro. Prêts ? On n'a pas le temps ! Maintenant, maintenant, maintenant !

Je suis branchée comme un cobaye de laboratoire. Et voilà que je me mets à voler à travers ces nuages rouges et blancs. Je ne savais pas que je pouvais voler. J'apprends tellement de choses cet après-midi ; des choses dont je ne suspectais même pas l'existence.

— Evening ? Eve ? Dis-moi qui je dois prévenir, chérie.

J'essaie de revenir sur ce qui s'est passé – avant que je ne découvre que les nuages peuvent parler ; avant que je n'apprenne qu'un inconnu avait récupéré ma jambe cassée en mille morceaux.

— Qu'est-ce que je fais avec ça ? avait-il demandé.

Finalement, je parviens à chantonner « Ma mère s'appelle Terra Spiker. »

Les nuages restent silencieux un instant, puis je m'évade de cette pièce chargée de lumière trop intense.

2

Je suis réveillée par le fracas d'une dispute. L'homme est énervé ; la femme, sur le point d'exploser. Je ne les vois pas, ils sont cachés par un rideau vert hideux. Je décide de faire ce que je fais toujours lorsque mes parents se disputent : ajuster mes écouteurs et monter le son à m'en faire exploser les tympans. Mais quelque chose ne va pas. Mon bras droit refuse de m'obéir et, lorsque je touche mon oreille de la main gauche, je constate que ma tête est enrubannée d'une gaze épaisse. De longs tubes sortent de mes bras et de mon nez.

— C'est ma fille, dit la femme, et si j'estime qu'elle n'a rien à faire là, elle sort d'ici, compris ?

— Écoutez-moi. Si je la laisse repartir avec vous, c'est sur une jambe qu'elle va sortir. Vous comprenez ?

L'homme semble supplier, et je réalise soudain que ce n'est pas mon père. D'abord parce que mon père ne supplie jamais personne ; ensuite parce que mon père est mort.

— Je dispose de la meilleure équipe médicale, des meilleures installations qui soient.

La femme ponctue ses phrases de larges aspirations dramatiques. Aucun doute, c'est bien ma mère.

— Elle est dans un état critique, placée en soins intensifs après quatorze heures de bloc opératoire. Il y a toutes les raisons de penser qu'elle va perdre sa jambe, et vous, vous voulez la sortir d'ici ? Tout ça parce que c'est plus… commode ? Vous perdez la raison ?

Je me sens presque bien, un peu vaseuse et déconnectée, mais cet homme, dont je déduis qu'il est médecin, semble un tout petit peu inquiet à propos de ma jambe, qui, manifestement, n'a pas l'air en meilleure forme que mon bras.

Je devrais le rassurer, faire en sorte que ma mère arrête de l'agresser. Quand elle est comme ça, il vaut mieux battre en retraite et lui donner raison, et il n'a pas l'air de le savoir. Le problème, c'est que ces satanés tubes m'empêchent de bouger.

— Je ne laisserai pas sortir cette patiente, poursuit le médecin, quels que soient vos arguments !

Silence. Ma mère est experte dans les longues pauses pesantes et douloureuses.

— Savez-vous comment s'appelle la nouvelle aile de l'hôpital, docteur ? dit-elle enfin.

Nouveau silence. À peine troublé par le gazouillis de la machine à laquelle je suis reliée.

— Oui, je crois, répond-il. Le pavillon de neurogénétique Spiker, n'est-ce pas ?

Sa voix trahissait la défaite.

— J'ai une ambulance qui attend dehors, indique ma mère.

Échec et mat.

— Je suis certaine de pouvoir compter sur votre collaboration pour faire suivre son dossier médical, n'est-ce pas, docteur ?

— Si elle meurt, ce sera par votre faute.

Cette phrase a dû me perturber, si l'on en juge par l'alarme qui retentit soudain.

— Evening !

Ma mère accourt à mon côté. Boucles d'oreilles Tiffany, parfum Bulgari, robe Chanel. Maman dans sa version « un vendredi en toute simplicité ».

— Tout va bien, mon ange, me rassure-t-elle. Je contrôle la situation.

Le tremblement de sa voix la trahit. Ma mère ne tremble jamais…

Je tente de déplacer ma tête de quelques millimètres et prends conscience que je ne suis pas en si grande forme. Et cette alarme qui ne cesse de hurler ! Le médecin balbutie quelque chose à propos de ma jambe, ou de ce qu'il en reste, tandis que ma mère, le visage enfoncé dans mon oreiller, me plante ses ongles vernis dans l'épaule. Je crois même qu'elle est en train de pleurer.

À cet instant, je sens une autre pression, tout aussi ferme, sur mon autre épaule.

C'est une main.

Je suis du regard le chemin qui part de cette main, remonte le long d'un bras et s'arrête à un visage.

La main est connectée à un gars.

— Docteur Spiker, dit-il, je vais l'installer dans l'ambulance.

Ma mère renifle dans ma robe. Elle se ressaisit, se dresse sur ses jambes. Elle repasse en mode « je contrôle la situation ».

— Mais bon sang, que faites-tu ici, Solo ?

— Vous avez laissé votre téléphone et votre sac lorsque l'on vous a appelée pour… (il jette un œil dans ma direction) l'accident. Alors je vous ai suivie dans l'une des limousines de Spiker Biopharm.

Je ne reconnais pas ce type, ni même son nom. Comment peut-on porter un prénom aussi bizarre ? Il travaille certainement pour ma mère.

Son regard se porte de nouveau sur moi, il passe en revue les tubes. Il donne l'impression de sortir du lit, avec ses cheveux ébouriffés et sa barbe de trois jours. Il est grand et blond, ses épaules sont larges, une carrure d'athlète. Ses yeux sont d'un bleu intense. Première déduction taxonomiste : Solo est un skateur, ou bien un surfeur, aucun doute là-dessus.

J'apprécierais beaucoup qu'il retire sa main de mon épaule. C'est vrai, après tout, on ne se connaît pas. Et côté espace vital, je suis suffisamment encombrée par la présence de ces tubes et de la perfusion qui pend de mon bras.

— Petite Eve, me dit-il, ce qui suffit à me déranger un peu plus.

La première phrase qui me vient à l'esprit en guise de réponse ne peut être qualifiée de politiquement correcte. Heureusement pour lui, le tube qui sort de ma bouche m'empêche de prononcer quoi que ce soit d'intelligible.

À ce moment précis, je n'ai pas franchement la tête à me faire de nouveaux amis, mais plutôt à tirer sur tout ce qui bouge.

Si ma mère m'appelle « Evening » et mes amis « E.V. », personne ne m'appelle « Eve ». Jamais. Celui-là aussi devrait le comprendre.

— Réfléchissez, je vous en prie, docteur Spiker, insiste le médecin.

— Bon, allez, on met les voiles, lance Solo.

Il a environ mon âge, peut-être un peu plus. S'il travaille pour ma mère, soit il est interne au laboratoire, soit c'est un surdoué.

— Nous accompagnez-vous dans l'ambulance, docteur Spiker ?

— Non, non. Dieu sait combien de micro-organismes vivent dans ces véhicules. Mon chauffeur m'attend, répond ma mère. Je dois passer quelques coups de fil et je doute que l'ambulance soit l'endroit indiqué pour cela. Je vous rejoins au laboratoire.

Le médecin soupire. Il tourne un bouton sur l'engin pour faire taire l'alarme qui beuglait toujours.

Ma mère m'embrasse la tempe.

— Je m'occupe de tout. Ne t'inquiète de rien, me glisse-t-elle dans l'oreille.

Je cligne des yeux pour lui signifier qu'en fin de compte je ne me fais aucun souci. Ce serait d'ailleurs tout à fait impossible vu la dose de morphine qui court dans mes veines.

Solo remet à ma mère sa mallette et son téléphone. Elle disparaît de mon champ de vision et j'entends le staccato de ses Jimmy Choo s'éloigner.

— Salope, ajoute le médecin une fois ma mère hors de portée. J'ai jamais vu ça dans toute ma carrière.

— Vous inquiétez pas, rétorque Solo.

« Vous inquiétez pas »... C'est ça, ouais ! Parle pour toi, petit génie. Tu commences vraiment à me fatiguer. Ça me ferait des vacances si tu m'oubliais un peu. Et puis vas-tu finir par retirer cette main de mon épaule ? J'ai envie de vomir !

Le médecin vérifie l'une de mes perfusions.

— Eh ! marmonne-t-il en regardant Solo d'un air moqueur. Vous êtes médecin ?

— Je ne suis juste qu'un apprenti, docteur, répond Solo avec un demi-sourire.

Solo rassemble mes affaires, dont mon cartable. Tout à coup me vient à l'esprit que je dois préparer mon devoir de biologie. Un travail sur la première loi de Mendel : « Lorsqu'une paire d'organismes se reproduit sexuellement, sa progéniture hérite de manière aléatoire de l'un des deux gamètes de chaque parent. »

Génétique. J'aime la génétique, les règles, l'ordre. Aislin, ma meilleure amie, dit que c'est parce que je suis maniaque et que j'aime tout contrôler. Telle mère, telle fille.

« Accélérez un peu... j'ai un devoir à faire », ai-je envie de crier, mais chacun s'affaire dans son coin et personne ne m'écoute. Je songe alors que ce devoir en biologie ne sera pas la seule chose restée en suspens si je meurs.

La mort doit faire partie de la liste des bonnes excuses qui justifient que l'on n'a pas fait ses devoirs, non ?

— Tout ira bien, me rassure Solo. Dans peu de temps, tu courras dix kilomètres sans même t'en rendre compte.

J'essaie de parler.

— ... a te ... aire, dis-je.

Vous avez déjà essayé de parler avec un tube dans la bouche ?

Et puis d'abord, comment sait-il que j'aime courir ?

3

Solo

C'est donc bien la fille de la patronne.

J'avais vu des photos d'elle. Difficile de les éviter, d'ailleurs : les murs du bureau de Terra Spiker en sont couverts. Ma préférée montre Eve franchissant une ligne d'arrivée, brillante de sueur, un sourire de tueuse sur le visage.

Je jette un œil à la civière sur laquelle Eve est allongée. Le contour de ses yeux est couvert d'ecchymoses, mais cela n'altère pas la ressemblance frappante avec sa mère. Pommettes proéminentes, yeux profondément enfoncés dans leurs orbites. Grande et élancée.

Voilà pour les ressemblances. Par chance, Eve n'a pas hérité de la froideur glaciale de sa mère : ni de ses cheveux blonds platine, ni de ses yeux gris calculateurs. Au contraire : ses cheveux sont blonds et lumineux, ses yeux bruns sont doux et chaleureux.

À bien y penser, je ne suis plus tout à fait certain qu'ils soient bruns.

Il n'y a pas beaucoup de place à l'arrière de l'ambulance. Je manque de m'envoler lorsque l'ambulancier démarre sur les chapeaux de roue et déclenche la sirène.

— Hé, vas-y doucement, mec ! je hurle au chauffeur en grimaçant.

Le médecin assis à côté de moi me lance :

— Qu'est-ce qui te prend ? Ça va pas de crier comme ça !

Je sais que ce n'est pas le moment, mais je ne peux pas m'empêcher d'apprécier le hurlement de la sirène et les flashs de l'ambulance qui se reflètent le long des rues de San Francisco. C'est vraiment cool !

Et puis Eve a l'air d'aller bien. Enfin, c'est ce que j'imagine.

On arrive sur le pont en moins de temps qu'il n'en faut pour le dire. *Le* pont. Le Golden Gate Bridge. C'est le plus beau que je connaisse. Je ne m'en lasse pas. Parfois, je me mets à imaginer combien ce pourrait être bon de *rider* le câble à *longboard*. Ça finirait certainement par un long plongeon vers une mort douloureuse mais, avant l'issue fatale, quel pied ça pourrait être !

Je m'assieds, les coudes sur les genoux, en basculant mes épaules légèrement vers l'arrière. J'ai la chance d'avoir une belle carrure, et ça se voit ! D'ailleurs, j'ai l'impression qu'elle l'a remarqué. Parce que moi aussi je la regarde…

Eve se met soudain à crier. Elle a mal. Contrairement à ce que je pensais, ce n'est pas moi qu'elle observe depuis tout à l'heure. Son regard fixe laisse imaginer qu'elle est ailleurs, loin de cette ambulance, de cette civière, de cette souffrance.

— Docteur, vous ne pouvez pas faire quelque chose ? je demande au médecin.

Il vérifie le tube de la perfusion plantée dans le bras d'Eve. Celui-ci est tout entortillé, empêchant le liquide de circuler normalement. Le médecin déroule le tube et le fixe à l'aide d'un adhésif pour éviter que ça ne se reproduise.

— Elle se sentira mieux dans moins d'une seconde.

— Tant mieux !

Je me penche vers elle pour qu'elle m'entende.

— J'ai fait en sorte qu'il augmente un peu la morphine ! j'explique en articulant chaque syllabe.

Ses yeux roulent dans leurs orbites. Elle semble incapable de maintenir son attention. Pendant une seconde, un terrible doute me traverse l'esprit. Et si elle était en train de mourir !

À cette idée, une soudaine envie de crier me submerge. Je ne me laisse pas aller, mais une tristesse abyssale m'envahit jusqu'aux confins de mes cellules.

J'essaie de me débarrasser de cette affreuse sensation mais, lorsque l'on se met à imaginer la grande Faucheuse assise juste devant vous, c'est difficile de s'en défaire.

— Meurs pas, d'accord ? lui dis-je.

Ses yeux me fixent avec peine, comme si j'étais une cible trop lointaine.

Je me penche de nouveau sur elle et approche sa tête de la mienne. Dans le mouvement, j'appuie malencontreusement ma main sur sa jambe, la mauvaise, et Eve se met aussitôt à hurler.

Ma maladresse m'empêche de lui murmurer ce que j'avais prévu de lui dire, m'empêche de la rassurer :

Ne t'inquiète pas ! J'ai vu des choses. Je sais des choses.

Ta maman a des pouvoirs.

Elle ne te laissera pas mourir.

4

Eve

Une opération ? Quelle opération ?

Ils m'ont dit que ça avait duré quatorze heures.

Mais en fait, je n'étais pas vraiment là. Je me trouvais au milieu d'un paysage étrange composé de rêves, de cauchemars et de souvenirs… et puis aussi d'un peu de shopping !

Je suis presque certaine d'avoir fait un rêve dans lequel Aislin et moi déambulions dans le centre commercial Westfield sur Market Street. Était-ce un souvenir ? Impossible de savoir, car la drogue qui circulait dans mon sang à ce moment-là séparait ma conscience de mes sens.

Mon nouveau médecin, qui m'accompagne à bord de l'ambulance, porte une veste de laboratoire sur laquelle est écrit :

« Dr Anderson

Spiker Biopharm

Créons des vies meilleures »

C'est un Black élégant à la peau lustrée. J'ai la sensation qu'il va me démêler les cheveux plutôt que de mesurer mon pouls.

Solo, toujours auprès de moi, ne me quitte pas des yeux. Pas vraiment comme si j'étais un bout de viande sans vie, mais plus comme un anthropologue qui viendrait de découvrir une tribu au fin fond de l'Amazonie.

La route jusqu'ici était un peu cahoteuse, mais elle m'a aidée à comprendre que je pouvais surfer sur la douleur comme sur une vague. Si l'on pense à quelque chose d'autre, à n'importe quoi, ce n'est pas si difficile, finalement.

Considérant que ma jambe vient d'être transformée en bouillie, le simple fait que je puisse penser constitue déjà un miracle et je suis infiniment reconnaissante aux images qui fourmillent dans mon esprit. Même si elles apparaissent dans un ordre aléatoire, ces images semblent ordonnées par thématiques, comme rangées dans des boîtes.

À propos du lycée :

Comment j'ai fait pour n'obtenir qu'un B+ à mon exposé de biologie…

Cela constitue un problème en soi car ma note générale va en pâtir et ça empêchera certainement mon accès à un collège décent. Du coup, je me demande comment je vais me défaire des griffes acérées de ma folle de mère. Tout ça n'a pas beaucoup d'importance à l'échelle planétaire, et encore moins à cet instant précis de ma vie, mais ça ne change rien, j'y pense quand même.

Je suis presque certaine que Mlle Montoya m'a descendue en flammes à cause de mon introduction : « Les garçons ont des seins. » *A priori* elle n'était pas au courant !

C'était sans doute une stratégie un peu risquée, mais lorsqu'on se présente seule devant une classe comateuse et que le Red Bull n'a allumé en vous qu'une petite poignée de cellules grises, mieux vaut attaquer fort.

Il y avait vingt élèves dans la classe. Lorsque je me suis dirigée vers le bureau de la prof pour connecter mon iPad au vidéoprojecteur, seuls quatre d'entre eux me regardaient.

En introduisant mon exposé de la sorte, les seize, qui ne m'avaient jusque-là prêté aucune attention, ont tous levé la tête, les yeux rivés sur l'écran, suspendus à la suite de mon discours.

J'ai présenté une première diapo montrant le torse d'un garçon. Un torse séduisant... très séduisant ! Je savais, alors, que j'allais capter l'attention des neuf filles présentes, et du seul gay de la classe.

C'était une stratégie bon marché, mais, tout le monde le sait, le sexe rapporte. Dans un contexte aussi ennuyeux que celui d'un exposé de biologie devant une classe à moitié endormie, une poitrine bien bâtie peut devenir le sésame du succès.

Pendant l'exposé, j'ai affiché plusieurs fois cette diapo. J'ai également présenté une petite vidéo montrant des dinosaures en train de combattre afin de démontrer en images la loi du plus fort, et quelques graphiques bien choisis auraient dû me permettre d'accéder à une note correcte.

J'étais certaine que l'affaire était dans la poche.

Faux.

O.K. C'était peut-être un peu facile, tout ça. Mais quand même… un B+ pour des abdos pareils !

Les raisons qui m'ont conduite ici :

Comment j'étais censée sauver la mise au petit ami d'Aislin après l'école…

C'est justement quand j'étais plongée dans son dernier texto que m'est apparue cette pomme. C'est à cet instant précis que j'ai traversé la rue sans regarder. Résultat, je me retrouve dans cette ambulance avec ce professeur en cosmétiques accompagné de ce gars au sourire suffisant.

À propos d'Aislin :

Comment j'ai raté le bal de promo de fin d'année.

Aislin prétend que je n'ai rien loupé. Selon elle, c'était une pure perte de temps. Malgré un service de sécurité renforcé et des fouilles systématiques, elle avait tout de même réussi à entrer trois flacons de vodka citron. Je suis un peu inquiète à propos d'Aislin.

À propos de Solo :

Comment je peux essayer de comprendre ce qui se trame avec Solo…

Est-ce que ma mère se sert de lui comme d'un substitut ? Est-ce que c'est ça, son travail ?

À propos de Solo, *bis* :

Comment les yeux de Solo expriment quelque chose comme « T'avise pas de t'approcher de moi ! »...

Ils sont certainement très difficiles à dessiner, mais si je voulais les reproduire, c'est la seule expression que je pourrais leur imaginer.

La semaine dernière, pendant le cours de dessin d'après un modèle vivant, Mme Franklin m'a demandé si je n'avais jamais pensé à suivre des études d'art plutôt que de biologie.

En guise de réponse, je lui ai demandé une gomme.

À propos de Solo... encore :

Comment Solo sent l'océan lorsqu'il s'approche de moi et lisse mes cheveux...

Comment Solo, lorsqu'il commence doucement à caresser mes cheveux, accélère frénétiquement le rythme de ma consommation d'oxygène...

À propos de la suite :

Comment jamais plus je ne courrai...

5

Solo

Nous arrivons aux laboratoires de biopharmaceutique Spiker Biopharm. Ils sont situés dans la péninsule de Tiburon, après le Golden Gate, en contrebas de routes chahutées par les vents. On ne peut pas dire que le paysage y soit réellement impressionnant. À cet endroit, la route est construite à environ soixante mètres au-dessus de la mer. Le centre Spiker, immense complexe bâti à la verticale, est situé en haut d'une pente raide qui mène vers la mer. Vu de l'océan, c'est un subtil mélange de la cité d'Oz et d'un Apple Store géant.

Le site se structure autour de trois tours imposantes. Chacune dispose de son propre ascenseur. Entre les tours, une architecture de type ziggourat faite de terrasses, d'espaces ouverts, d'étages donnant sur de vastes jardins, de terrains de beach-volley et d'une piscine.

L'endroit est extraordinaire pour travailler, à condition de faire abstraction d'un certain nombre de personnes.

À commencer par la patronne elle-même, Terra Spiker. Dans le campus, on la surnomme Terreur Spiker.

Rien d'étonnant à cela, d'ailleurs. Lorsqu'une femme se prénomme Terra et qu'elle grandit en développant les traits psychologiques d'une garce, il ne faut pas s'étonner qu'on finisse par la surnommer Terreur. Et elle le mérite bien.

L'architecture du complexe exprime parfaitement le caractère ambitieux de l'entreprise Spiker. Les étages inférieurs sont plus larges que les étages supérieurs. Le rez-de-chaussée, niveau 1, constitue l'espace le plus imposant. Il abrite le département de recherche sur les maladies orphelines. On essaie ici de soigner ces maladies rares qui n'intéressent pas les laboratoires dans la mesure où, justement, elles concernent peu d'individus sur la planète et ne sont donc pas génératrices de profit.

Terra passe le plus clair de son temps au niveau 1 et consacre beaucoup de son énergie à ces recherches. Tout comme elle s'intéresse grandement à ces personnes qui se font dévorer vivantes par certains parasites et qui peuvent aujourd'hui vivre sereinement grâce aux découvertes du niveau 1. Terra Spiker est prête à investir des milliards pour éradiquer ces maladies. Et elle le fait !

Si personne ne vient mettre son grain de sel dans les affaires des laboratoires Spiker Biopharm, c'est grâce aux recherches du niveau 1, justement. Parce que cette psychopathe sauve quelques brassées de vies humaines.

Et si de plus en plus de journalistes pensent à enquêter sur les activités des laboratoires Spiker, c'est plutôt à cause de ce qui se trame aux niveaux 7 et 8.

Je vis au niveau 4. Mes parents, Isabel et Jeffrey Plissken, étaient autrefois les associés de Terra, à l'époque où ce qu'ils possédaient se résumait à un vieux PC IBM, quelques boîtes de Petri et un rêve fou !

Je ne me souviens pas d'eux. C'est ainsi.

Je pourrais dire que c'est Terra qui m'a élevé, mais je mentirais. Elle n'a jamais été une mère pour moi. Elle m'a offert un lieu où vivre, une éducation, un travail au laboratoire.

Elle me tolère, en fait.

Mais elle n'aurait rien fait de tout ça si elle avait su qui j'allais devenir…

6

Eve

Une porte métallique s'ouvre et nous entrons dans un vaste garage. Deux hommes et une femme, vêtus comme le Dr Anderson, m'attendent.

— Son état est stable, souligne Anderson. Elle se comporte bien.

Cette dernière réflexion crée une certaine surprise chez les trois autres. Ils ne s'attendaient certainement pas à un tel optimisme. Ils se mettent aussitôt à murmurer dans un jargon médical auquel je ne comprends rien.

Je suis conduite dans un long tunnel blanc. Solo m'accompagne.

Nous parvenons devant un immense ascenseur vitré. Chaque membre du groupe se place, à tour de rôle, derrière une lentille incrustée dans un mur.

— Scanner optique, m'explique Solo alors qu'un rayon vert me sonde.

Je ne suis pas souvent venue dans le bureau de ma mère. Elle dit que mélanger le travail et la famille, c'est un peu comme boire un pur malt avec du Sprite.

Le complexe architectural est époustouflant. « Un édifice digne d'un Frank Gehry anabolisé » : c'est ainsi que les revues d'archi l'ont décrit. Lorsque l'on regarde les photos satellite des bâtiments, le complexe paraît mieux protégé que le Pentagone. Les sas de sécurité ont eux-mêmes des sas de sécurité.

C'est le genre d'endroit auquel on peut s'attendre en plein cœur de la Silicon Valley, certainement pas à Marin. Mais Spiker Biopharm est très différent des autres sociétés. En tout cas, c'est ce que ma mère aime souligner. J'imagine que c'est pour cette raison qu'elle a décidé de l'implanter ici.

« Différent ». Elle utilise ce mot à tout bout de champ. Pourtant, on pourrait en employer d'autres, plus durs et plus réalistes, pour qualifier l'œuvre de ma mère. Dans le monde des laboratoires pharmaceutiques, Spiker joue le rôle du vilain petit canard. J'ai commencé à en prendre conscience lorsque, en primaire, ma maîtresse, Mme Zagarenski, fit passer dans la classe un formulaire demandant aux parents de venir parler de leurs métiers à l'école. Tout le monde avait eu droit au formulaire, sauf moi ! « Ta maman est trop occupée, ma chérie », s'était-elle justifiée. Même Danny Rappaport en avait eu un, alors que nous savions tous que son père possédait la plus grande ferme de marijuana du comté de Mendocino.

L'ascenseur s'arrête au sixième étage. La porte s'ouvre sur un hall à couper le souffle. Marbre, verre, métal, fontaine à plusieurs niveaux... On dirait le Ritz Carlton dans lequel mon père avait l'habitude de se retirer lorsque le combat avec ma mère devenait trop âpre.

Au moment où je me disais qu'il ne manquait plus qu'un concierge pour que la scène soit complète, ma mère surgit.

— Bienvenue dans mon univers, mon ange, me dit-elle.

Elle manque de m'étouffer en m'embrassant, baisse la voix et me murmure à l'oreille :

— Maman va s'occuper de tout.

Elle prend alors la tête du convoi et nous fait passer plusieurs portes pour arriver jusqu'à l'hôpital.

Le moins que l'on puisse dire, c'est que l'endroit affiche une certaine démesure.

Le Dr Anderson est aussitôt cerné par une armée d'assistants : spécialistes, infirmiers, techniciens... tous surpris de constater que je vais bien. J'apprends que je souffre également d'une rupture de la rate et que j'ai perdu une côte.

— Elle ne te manquera pas, me rassure Anderson.

Ma jambe, qui semble avoir été reconstituée par le Dr Frankenstein en personne, est l'objet de toutes les curiosités. Même ma mère est intéressée – elle qui a toujours tourné de l'œil devant une goutte de sang.

Je suis couverte seulement d'une serviette dissimulant mon anatomie. Je me serais sentie bien plus gênée dans cette situation si je n'avais pas été aussi droguée. Fort heureusement, il me semble que Solo est resté en retrait dans le hall.

— C'est une miraculée, murmure une infirmière.

Tout ce sang, ces compresses, cette chair déchirée devraient m'horrifier. Pourtant, je me sens presque bien. Les vagues de douleur sont plus espacées. Et lorsque, enfin, ils daignent retirer le tube enfoncé dans ma gorge, je peux m'exprimer dans un murmure rauque :

— J'ai faim.

Des cris et des applaudissements accueillent cette information.

L'un des infirmiers, un monsieur plus âgé avec une barbe grise taillée au cordeau, me montre ma chambre comme le ferait un groom d'hôtel qui sait qu'il recevra un bon pourboire. Wi-Fi, TV écran plat, marbre italien au sol, chauffe-serviettes !

— As-tu besoin de quelque chose en particulier, mon ange ? demande ma mère. J'ai fait rapporter tes pyjamas et tes affaires de la maison.

J'essaie de me concentrer.

— Mon ordinateur portable. Mon tee-shirt Titus Andronicus, tu sais, le bleu ? Et puis aussi ma crème pour le visage !

— Tu n'auras pas besoin de ton ordinateur ces prochains jours, me répond-elle.

— Est-ce que tu sais où se trouve mon téléphone portable ? j'ajoute d'une voix qui déraille. Je crois que ce gars, Solo, a dit que quelqu'un l'avait allumé. Il faut que j'appelle Aislin…

Petit sourire tendu. Ma mère n'apprécie pas Aislin. Elle la tolère comme elle supporte mon furet, à qui jamais je n'ai pu apprendre à être propre. Je suis sûre que c'est parce que Aislin, en renversant dessus le mojito qu'elle s'était préparé, a provoqué le court-circuit qui a détruit notre chaise de massage suédois à sept mille dollars. Aislin, elle, pense que le vent a tourné lorsqu'elle a suggéré à ma mère d'aller se faire soigner plutôt que de se plaindre de ses migraines chroniques.

— Derek, allez demander à Solo s'il sait où se trouve le téléphone de ma fille.

Le technicien s'éloigne au pas de course, et, quelques instants plus tard, Solo apparaît avec un sac plastique.

— Quelqu'un a allumé ton téléphone, m'indique-t-il. Voici aussi ton carnet de croquis. Il est un peu souillé, mais rien de grave.

— Merci, dis-je d'une voix caverneuse.

On dirait mon arrière-grand-mère au réveil après avoir passé la nuit à fumer ses Marlboro mentholées…

— Je prends ça, signale ma mère en désignant mon carnet de croquis.

Solo semble s'y opposer, pour des raisons que j'ignore. Elle tente de le lui retirer des mains et le carnet tombe au sol.

Lorsque Solo le ramasse, il est ouvert sur un croquis auquel j'ai travaillé pendant plusieurs semaines.

Je devais dessiner une personne de mémoire ou issue de mon imagination, sans modèle ni photo.

Rien de plus simple, ai-je songé lorsque la prof nous a proposé ce projet.

Pas évident, en réalité.

Solo observe le croquis avec attention. Au départ, je voulais dessiner le visage d'un homme de profil en laissant aller ce qui me venait à l'esprit. Mon dessin est essentiellement composé de lignes, d'angles et d'aplats. Une sorte de Picasso prépubère.

On ne peut pas dire qu'il soit vraiment réussi. Loin s'en faut !

— Intéressant, commente ma mère sans daigner jeter un œil au croquis.

Puis elle referme le carnet et le tend à un assistant.

Ma mère déteste l'art, le mien comme celui de n'importe qui. Certainement parce que mon père était un artiste.

« Austin était un sculpteur raté… », aime-t-elle raconter. Elle marque toujours une pause après ce commentaire, et se redresse avant d'ajouter : « Mais il était surtout un raté accompli. »

— Alors, comme ça, tu es une artiste, me dit Solo.

— C'est une patiente, le corrige ma mère, et elle a besoin de repos.

— C'est exact, approuve Solo en lui tendant mon téléphone.

— Non ! Peux-tu d'abord vérifier mes messages ? Le mot de passe, c'est 0123.

— Inviolable, ton mot de passe ! ajoute Solo avec un petit sourire en coin.

Il vérifie mes messages.

— Aislin veut savoir ce que tu fiches. Elle veut que tu la rappelles.

Je demande à ma mère :

— Tu ne l'as pas prévenue ? Elle doit être tellement…

— J'étais un peu occupée, chérie, me répond-elle l'air crispé. Je vais demander à quelqu'un de la rassurer.

Mille contre un qu'elle ne va pas le faire… Alors, je m'adresse à Solo :

— Tu peux t'en charger, s'il te plaît ?

Je ne sais pas pourquoi je m'en remets à lui. Peut-être parce qu'il a toujours mon portable dans sa main ?

— Bien sûr ! Sans problème, je m'en occupe.

Il pianote sur l'écran.

— C'est bon, j'ai son numéro, déclare-t-il.

— Je peux compter sur toi ? je lui demande d'une voix vaporeuse.

Je me sens tellement fatiguée, soudain.

— Surtout pour ce genre de choses, me répond-il.

Son regard s'attarde sur ma jambe, puis se reporte sur mon buste. Je ne sais pas bien s'il observe ma jambe aplatie ou ma poitrine (elle aussi, plutôt plate), mais, quel que soit l'objet de son intérêt, son regard me gêne.

Il croise mon regard un moment, puis il tend mon téléphone à ma mère avant de quitter la pièce.

7

Je me réveille quelques heures plus tard, tentant tant bien que mal de sortir de la torpeur dans laquelle m'ont plongée les antidouleurs. Il fait sombre, mais ma chambre est délicatement éclairée par une lumière jaune pâle. En plissant un peu les yeux, je pourrais croire que je me trouve dans un restaurant romantique. Pourtant, mon rendez-vous n'a rien de romantique.

Solo est dans ma chambre, plongé dans la lecture de l'iPad qui a remplacé la bonne vieille tablette en plastique que tous les médecins hospitaliers remplissaient lorsqu'ils visitaient leurs patients. Il ne donne pas l'impression d'être concentré sur un problème difficile, mais plutôt de voir se confirmer ce qu'il suspectait depuis le début.

Il m'entend remuer. Il repose l'iPad dans le rangement prévu à cet effet au pied de mon lit et me sourit. Malgré son air innocent, je suis certaine qu'il me cache quelque chose.

Avant que je n'aie le temps de faire le moindre mouvement, Solo sort de la pièce. Quelques instants plus tard, une infirmière fait son apparition. Je ne l'avais pas encore vue. J'en déduis qu'elle doit faire partie de l'équipe de nuit.

Je ferme les yeux et fais mine de dormir. Je ne suis vraiment pas d'humeur à discuter.

Elle vérifie le bandage qui entoure ma jambe, découpe soigneusement la gaze et le pansement compressif. On ne peut pas dire que ça fait mal, mais je trouve ça désagréable.

— Ô mon Dieu ! s'exclame-t-elle.

J'ouvre un œil. Discrètement.

L'infirmière, concentrée sur ma jambe, ne remarque pas que je suis réveillée. On ne peut pas dire qu'elle ait l'air précisément horrifiée. Elle est plutôt stupéfaite. Profondément troublée. Elle découvre un spectacle auquel elle ne s'attendait pas et peine à croire qu'elle ne rêve pas.

J'ai peur de regarder ma jambe parce que je sens qu'il se trame quelque chose d'anormal.

8

Solo

Le complexe Spiker dispose d'une salle de sport à faire pâlir les plus beaux centres sportifs de la planète. Être en forme – et le rester – est un mot d'ordre général, une pression permanente de la société. Pour ma part, je n'ai pas besoin de cette pression, ni même d'être coaché. Je me débrouille très bien tout seul.

Je cours sur piste, de préférence pieds nus. La plante de mes pieds émet un son qui n'a rien à voir avec celui des semelles de ces chaussures de jogging à trois cent cinquante dollars censées amortir les chocs. Mes pieds, eux, sont silencieux.

Je commence toujours par courir avant d'aller soulever des poids. J'aime soulever de la fonte. Impossible de tricher, à ce jeu-là. Soit l'on redresse la barre, soit on ne la redresse pas. Il n'y a pas deux poids, deux mesures !

Ensuite, je me rends dans la salle de boxe, où sont suspendus les poires de vitesse et les sacs de frappe. Rien à voir avec les autres salles du centre, toutes impeccables et aseptisées. Ici, on transpire et ça se sent. Les petites fantaisies que s'est permises l'architecte d'intérieur ne changent rien à l'affaire. L'endroit est à l'image du sport qu'il abrite.

Pete est là, prêt à transpirer.

Parfois, je fais quelques rounds avec lui. Il est plus vieux que moi, peut-être dans les vingt-cinq ans. À dire vrai, je ne lui ai jamais posé la question. C'est l'un des geeks du laboratoire. On parle souvent techno ensemble – enfin, dans la mesure où nos dentiers de protection nous permettent de nous exprimer.

Pete n'est pas aussi rapide que moi. Il a l'air plus doux et plus « moelleux », mais, au combat, il n'en est rien ! Quand ses coups atteignent leur but, il faut quelques instants à mon cerveau pour reconnecter tous ses neurones.

J'adore ça !

Ça peut paraître absurde d'aimer recevoir des coups. C'est pourtant mon cas ! Quand on prend un direct sur le coin de la tête, on a l'impression qu'un gong tibétain sonne à l'intérieur de votre oreille. Et l'on revient du voyage en titubant ! Selon moi, ça fait partie des meilleurs moments de la vie.

— Allez, frappe. Non, je veux dire, frappe vraiment !

Mais je ne tombe pas et riposte avec un enchaînement de ma composition ! C'est prodigieux !

Je suis cuit et couvert de sueur. Trempé de la tête aux pieds. Je halète et me demande si la partie gauche de mon visage se remettra un jour du coup que je viens de recevoir. Pourtant, je ne cesse pas de sourire.

— Poule mouillée ! crie Pete.

— Gringalet !

— J'aime pas taper sur les femmelettes !

— N'aie pas de regrets, Pete. Attends plutôt de goûter à mon uppercut !

Une fois passé ce petit rituel, nous prenons rendez-vous pour le surlendemain. Pete se dirige vers la douche des vestiaires et moi vers mes quartiers.

Mes quartiers : mon endroit, mon espace à moi. Il est situé au niveau 4, à l'étage où se trouvent les chambres réservées aux scientifiques et aux dignitaires de passage. Certaines sont absolument somptueuses. Mes appartements ne méritent pas ce qualificatif, mais je n'ai pas à me plaindre.

En tout cas, ma chambre relève du grand luxe, comparée au logement d'étudiant que j'occupais dans le Montana, où Terra m'avait envoyé faire mes études après la mort de mes parents. On aurait dit un centre pour enfants souffrant de troubles comportementaux. Pourtant, je n'avais rien fait de mal (sinon que j'étais devenu orphelin du jour au lendemain). Mais Terra avait rédigé un rapport diagnostiquant un trouble oppositionnel défiant et fait une donation que l'école s'était vue dans l'impossibilité de refuser.

Trouble oppositionnel défiant ? Évidemment, j'en étais capable.

J'ai tenu huit jours.

Après mon renvoi, Terra m'a proposé deux options : vivre chez elle ou vivre chez Spiker.

On sait aujourd'hui quelle décision j'ai prise.

Ici, je dispose d'une chambre suffisamment grande pour héberger un lit *queen-size*, un sofa, une télé, un bureau, un pouf et une petite cuisine. À l'exception des deux photos qui ornent mon bureau, la décoration est aussi épurée que celle d'une chambre d'hôtel design. Mais je l'aime comme ça !

D'ailleurs, c'est à peine si je remarque encore ces images. La première montre mes parents en habits de cérémonie – ma mère vêtue d'une robe de soirée verte, mon père en tenue de pingouin. C'était à l'occasion d'une remise de prix et tous deux sourient sous les flashs des photographes. Sur la deuxième photo, on me voit en train de lire un livre en compagnie de ma mère. Nous sommes dans ce qui pourrait être une salle d'attente, assis dans des fauteuils orange en vinyle. Je n'ai aucun souvenir de ce moment.

À vrai dire, je ne me rappelle plus grand-chose.

Juste à côté de la petite cuisine se trouve une salle de bains, petite elle aussi. C'est là que je me déshabille, me savonne et me douche.

C'est ici que je recommence à penser à la fille.

J'aime bien l'appeler « la fille ».

Allez, Solo ! Maintenant, tu sais comment elle se prénomme. Elle s'appelle Evening. E.V. pour les intimes.

Eve.

J'ai un problème avec ce prénom. Il me fait penser au jardin d'Éden. Adam et Eve, nus, sous le pommier dont on connaît aujourd'hui l'influence déterminante sur la suite des événements.

Mais, curieusement, ce n'est pas à cette scène biblique que je pense, en cet instant. Et je dois dire que ça me fait même un peu honte. La jambe de la fille est réduite à l'état de bouillie, elle a subi une opération chirurgicale longue et périlleuse, et moi, je songe à des choses… triviales. Aussi je tente, pour me calmer, de me concentrer sur la vision du fameux arbre.

Mais pas pour longtemps. Très vite, l'image disparaît.

J'entre dans la cabine de douche et me prélasse sous le jet d'eau chaude. Peut-être serait-il préférable de me doucher à l'eau froide ? Mais je n'en ai pas le courage. Je me fais alors cette réflexion :

— C'est bien là ton problème, mec ! Tu aspires à des choses qu'au fond tu ne souhaites pas.

Je suis habitué à parler tout seul.

À qui d'autre pourrais-je bien parler ?

Solo n'est pas uniquement mon prénom, c'est aussi et surtout ma condition. Je n'ai pas de vrais amis. Tout au plus quelques-uns en ligne, mais ce n'est pas la même chose.

Et je n'ai jamais eu de petite amie.

Lorsque j'ai posé la main sur Eve, c'était la première fois que je touchais une fille depuis six ans que je vis ici. Je ne compte pas les quelques scientifiques, techniciennes et secrétaires frôlées accidentellement dans les couloirs du complexe.

— Réveille-toi, mec ! je murmure doucement. C'est une Spiker. Elle appartient au camp ennemi.

Tant que je suis sous la douche, les micros disposés dans ma chambre ne peuvent pas capter ce que je dis. Je ne suis pas censé être au courant de leur existence, mais, en six ans, j'ai eu le temps d'explorer la pièce jusque dans ses moindres recoins. D'ailleurs ces micros ne sont pas le seul secret que je connaisse. Je sais bien d'autres choses... je sais tout !

Et je sais parfaitement ce que je ferai de tous ces secrets lorsque Eve sera partie.

9

Eve

Trois malheureux jours ! Mais, mon Dieu, que c'est long !

Le temps est relatif, j'en ai encore eu la preuve ces jours-ci. Une heure passée à regarder sécher de la peinture paraît bien plus longue qu'une heure passée à se faire masser.

C'est justement ce que je suis en train de faire. Je me fais masser par Luna, la massothérapeute, qui prend bien soin de ne pas toucher à *la* jambe.

La jambe est devenue le centre d'intérêt de tout le monde, ici. On ne cesse de m'en demander des nouvelles.

Comment va-t-elle ?

Comment va *la* jambe ?

La jambe est toujours attachée au reste de mon corps. Merci de vous en soucier. Regardez-la, avec tous ses bandages. Elle est un peu raide et engoncée, vous ne trouvez pas ?

Une fois, j'ai rêvé que *la* jambe n'était plus attachée à mon corps. Quel cauchemar ! Pourtant, j'essaie d'avoir l'air désinvolte, je me montre froide et forte. Alors qu'au fond la peur me pétrifie.

— J'ai besoin d'Aislin, dis-je à ma mère.

— Aislin est une traînée alcoolique, me répond-elle sans même lever la tête de son ordinateur portable.

Je décide de changer de sujet.

— Sur quoi travailles-tu en ce moment ?

Elle finit par lever le nez de son écran.

— Un projet complètement fou, dans le cadre du développement d'un nouveau produit biochimique.

— Ah oui ?

— C'est un logiciel éducatif. Nous l'avons baptisé « projet 88715 ».

— Aislin n'est pas une traînée, je reprends.

Je préfère ne pas évoquer le thème de l'alcool.

— Elle est restée avec le même petit copain pendant plusieurs mois. Et en plus, c'est mon amie et elle me manque.

— Demande à la masseuse, me répond ma mère.

Elle se tourne vers Luna, avant d'ajouter :

— Dites-lui, vous, parlez-lui !

Je sens un frisson d'inquiétude traverser le corps de Luna. C'est une belle Haïtienne d'une cinquantaine d'années et je l'adore. Elle ne me fait jamais mal, contrairement aux autres thérapeutes qui me manipulent.

Luna a six enfants. L'un est agent immobilier chez San Rafael, et deux autres poursuivent des études supérieures. Elle et moi n'avons absolument rien en commun.

— Je veux voir mes amis, je déclare à ma mère.

— Waouh ! Tu as des amis, toi ? Depuis quand avons-nous *des* amis ? On n'a jamais qu'un seul ami dans la vie, et dans ton cas c'est une traînée alcoolique.

— Mais je suis seule ici ! Il n'y a même pas d'autres patients. Le seul qui ait à peu près mon âge, c'est Solo.

— Tu n'as pas parlé avec lui, j'espère ? questionne ma mère en feignant la décontraction.

« Décontracté », comme « chaleureux » et « attentionné », ne fait pas partie de son répertoire émotionnel.

Je préfère mentir plutôt que m'exposer aux questions :

— Non, je ne lui ai pas parlé.

Depuis mon arrivée, je le vois chaque jour, mais il passe dans ma chambre en me marquant une totale indifférence. Il ne m'a parlé qu'une seule fois pour me prévenir qu'il avait appelé Aislin et lui avait dit de ne pas s'inquiéter.

Ses yeux sont d'un bleu déstabilisant.

J'interroge ma mère, l'air de rien :

— Mais qui c'est, ce Solo ? Que fait-il ici ?

Elle sait exprimer toutes les formes d'indifférence. La version qu'elle me sert là signifie qu'elle a quelque chose à cacher. Elle imagine que ses expressions sont impénétrables, mais je la connais par cœur !

Le Dr Anderson entre alors dans ma chambre d'un pas déterminé, m'empêchant involontairement de la questionner davantage. Il donne toujours l'impression d'être très occupé, alors que je suis sa seule et unique patiente.

— Comment va la jambe, aujourd'hui ? me demande-t-il.

— *La* jambe s'ennuie, je réponds. *La* jambe veut savoir pourquoi elle ne peut pas rentrer à la maison et retrouver sa vie.

— Ça fait seulement trois jours que tu es ici ! s'insurge ma mère. Es-tu folle ou quoi ?

— Je devrais vous laisser, intervient Luna, hésitante.

— Restez ! exige ma mère. Et calmez-la.

— Je n'ai pas besoin qu'on me calme. J'ai besoin d'Aislin. J'ai besoin de faire quelque chose.

— Il faut être patiente, Evening, intervient le Dr Anderson. Vous aurez besoin de plusieurs mois de convalescence et non de quelques jours.

Ses dents sont parfaitement blanches, et ses tempes grisonnantes.

— Je vais rater la fin de l'année scolaire. J'ai des devoirs, des contrôles. Et mon examen de bio est mardi ! Et mon projet de dessin selon un modèle vivant compte pour la moitié de ma note semestrielle.

— Tu ne peux pas dessiner, observe ma mère. Tes doigts sont brisés, ton bras est en vrac !

Elle marque une pause, comme si elle réfléchissait à ce qu'une bonne mère est censée devoir dire en pareille circonstance.

— Elle est droitière, n'est-ce pas ? demande-t-elle au Dr Anderson.

Il fait signe que oui.

— Je peux au moins avoir mon ordinateur portable ? J'utiliserai ma main gauche.

Ma mère jette un œil à son propre ordinateur et semble tout à coup saisie d'une inspiration divine. On pourrait presque voir une lumière irradier de son front.

— J'ai exactement le projet qu'il te faut, Evening. Quelque chose qui va te maintenir occupée.

— Mais je ne veux pas d'un projet ! Je veux passer du temps avec Aislin. Je veux que tu lui envoies une voiture pour la ramener ici.

Luna a déplacé ses doigts sur ma zone lombaire. Ses soins propagent en moi une énergie douce et apaisante. À chaque pression de ses mains sur ma peau, mon désir d'affronter ma mère diminue.

— Il s'agit de génétique, ajoute ma mère en se plaçant juste à côté de moi. Tu aimes la génétique, je me trompe ? Je serais même prête à te payer pour le faire.

— Me payer ?

— Pourquoi pas ? De toute manière, il faudra bien que je paie quelqu'un pour ce travail. Autant que ce soit toi ! Combien veux-tu ? Quelques centaines de dollars ? Mille dollars ?

Mesdames et messieurs : ma mère ! L'une des femmes d'affaires les plus réputées et les plus influentes d'Amérique. Elle n'a même plus idée de ce que représente un dollar.

— Je veux dix mille dollars, lui dis-je.

— Est-ce que c'est un bon chiffre ? interroge ma mère en se tournant vers Luna.

— Maman, je ne…

— Bon, peu importe ! interrompt ma mère avec un geste brusque de la main. L'important, dans cette histoire, c'est que tu sois occupée.

— Aislin peut aussi me tenir occupée, tu sais ? C'est ça, mon prix : Aislin. Garde ton argent et fais-la venir.

Agacée, ma mère se met à tapoter mon lit du bout des ongles. Manucure française, deux fois par semaine.

— Une visite, finit-elle par dire. La sécurité la fouillera à l'entrée. Si elle est prise avec de la drogue ou de l'alcool, je peux t'assurer qu'elle passera un sale quart d'heure !

Je la laisse fanfaronner puis je la regarde avec perplexité. Ma mère est à la tête d'une entreprise qui pèse un milliard de dollars. Cet immeuble est assez vaste pour abriter un hôpital et bien d'autres choses encore. Serait-elle capable de faire tabasser une jeune fille ? Qui sait !

— Alors, c'est quoi, ce projet ? Tu veux que je nettoie toutes les éprouvettes du laboratoire ?

— Pas du tout ! me répond-elle. Pour ça, j'emploie des gens comme Solo. Rappelle-toi que tu es une Spiker.

Moi, ce Solo m'est apparu immédiatement sympathique, alors que ma mère, elle, le considère comme un vulgaire concierge.

« Des gens comme Solo »…

Que de mépris dans ces quelques mots !

— Le projet que je te propose t'amènera de plain-pied dans le mode de pensée et de créativité des laboratoires Spiker, et son fer de lance, ajoute ma mère. C'est un vrai défi, mon ange. Il est temps pour toi d'exprimer le talent que tu possèdes, profondément enfoui en toi.

Ses traits s'adoucissent. Elle semble tout excitée à l'idée de me confier ce projet.

Elle marque une pause avant de continuer :

— Evening, je veux que tu crées pour moi l'être humain idéal.

Luna interrompt net ses mouvements bienfaisants.

— Je dois le dessiner au crayon ou bien ai-je droit à la pâte à modeler ?

Ma mère esquisse un petit sourire.

— Je pense que nous pouvons faire un tout petit mieux, me confie-t-elle. Nous commencerons demain matin. Si tu fais ce que je te demande, je ferai en sorte que ton amie soit ici demain après-midi.

— Aislin a son cours de danse demain après-midi !

— Chérie ! Si je la fais venir, tu peux être certaine qu'elle viendra.

10

— C'est ici que tu vas travailler et t'amuser.

Ma mère hésite et fronce les sourcils. Mais elle prend conscience que ce mouvement creuse des rides sur son front et elle relâche alors la tension pour lisser la peau de son visage.

— Jouer, travailler, appelle ça comme tu veux.

— Aussi longtemps que je le souhaite ?

— Exactement.

C'est Solo qui se charge de pousser ma chaise roulante ; ma mère, elle, ouvre le chemin. L'infirmier qui devait s'occuper de moi est tombé malade ce matin. Enfin, c'est ce qu'on dit ! Un instant, j'ai pensé que c'était Solo qui avait arrangé le coup, juste pour être avec moi. Peut-être lui aussi est-il désespérément seul, après tout ?

Il pousse ma chaise roulante dans un immense espace en forme de fer à cheval. On dirait une cathédrale tant les plafonds sont hauts, et le mobilier en cuir noir semble plaqué au sol. Un immense ficus jouxte le bureau d'accueil. Une lumière blanche accentue l'immensité de l'endroit et donne à celui-ci un aspect irréel.

Un écran démesuré couvre un mur entier, du plancher au plafond. Je n'ai jamais vu un écran aussi grand, pas même dans un cinéma.

La représentation d'une séquence d'ADN y est ainsi projetée sur des mètres et des mètres. Mais ce n'est pas une vulgaire image sortie d'une quelconque banque de données. Ça n'a rien à voir non plus avec la modélisation d'une double spirale que j'ai exécutée à l'école avec de la mousse de polystyrène et des cure-dents.

Cette chose… Comment dire ? Cette chose, sur l'écran, semble animée d'une énergie propre. Elle donne l'impression d'être vivante.

— C'est ça, le projet, me dit ma mère. Je te présente 88715.

— Ça paraît tellement réel, je réponds dans un murmure.

— Non, non, chérie, c'est juste une simulation. Tu peux voir l'ADN, les chromosomes tout entiers… Et tu peux pousser le détail plus loin encore.

Du doigt, elle trace une forme sur un moniteur tactile posé à la hauteur de ma chaise roulante, et l'image sur l'écran se met à grossir.

— Voilà un chromosome, ajoute ma mère.

Solo bloque le frein de ma chaise et rapproche un fauteuil. Il s'y installe nonchalamment et bâille.

Visiblement, il n'est pas aussi captivé que moi par le spectacle.

Ma mère clique, glisse son doigt sur l'écran tactile et clique encore.

— Tu peux modéliser tout cela grâce à de nombreuses interfaces. Voici une représentation avec des Lego. Parfait pour les petits. Tu vois la représentation de l'ADN en Lego ?

La voix de ma mère a changé depuis qu'elle me présente son joujou. Je la sens furieusement animée. Elle a toujours cette voix lorsqu'un projet l'excite. Quand elle travaille sur un sujet qui la passionne, elle est capable de rester dans son laboratoire sans en sortir pendant des jours, voire des semaines. Plus d'une fois, je l'ai vue revenir à la maison épuisée, des traces de mascara sur le visage, les ongles rongés, les yeux bouffis.

En général, elle revient dans cet état parce que son équipe a échoué. Mais parfois, ce délabrement, inhabituel chez ma mère, résulte de la réussite des recherches de ses équipes.

— Tu peux ajouter ou supprimer des blocs, poursuit-elle. Il suffit de passer le curseur sur l'un d'eux pour savoir à quoi il sert. Ou bien… (elle clique et glisse sur les formes), tu peux dessiner chaque élément comme une tache de couleur ou comme une pièce d'une mosaïque. Dans tous les cas, tu peux activer chaque bloc pour voir l'effet produit.

— L'effet sur quoi ?

— Sur ton personnage !

— Sur mon quoi ?

— Sur ton personnage, répète-t-elle en prenant soin d'énoncer distinctement chaque syllabe. Sur l'être que tu es en train de créer.

Je me penche légèrement en avant. *La* jambe glisse de quelques centimètres.

— On dirait que tu parles d'un véritable être humain !

Elle cligne des yeux et remet une mèche de sa chevelure en place.

— Ne sois pas ridicule ! Évidemment, ces opérations ne sont pas réelles. Ce serait d'ailleurs absolument illégal et, si nous nous faisions prendre, l'amende atteindrait des sommes astronomiques. Le gouvernement ferait fermer le laboratoire dans la minute et je serais probablement jetée en prison.

— Je ne voulais pas...

— Non, non, non. Il s'agit juste d'un système qui permet aux étudiants de comprendre comment fonctionne...

— De jouer au Créateur ?

Elle fait craquer les jointures de ses doigts.

— Oui, c'est ça ! Exactement ! s'exclame-t-elle. Nous souhaitons qu'un individu moyen, une personne comme... Solo, par exemple, puisse comprendre de quoi sont faits les humains...

— Comme Solo ?

— Tu comprends ce que je veux dire, non ? Quelqu'un qui ne serait pas un scientifique.

— Un simple mortel, suggère Solo.

— La bêtise est relative, ajoute ma mère, en continuant de s'adresser à moi. Elle est également spécifique à chaque individu. Thomas, le scientifique chargé du projet, dispose d'un QI de 169. Son corps est pourtant couvert de tatouages tous plus ridicules les uns que les autres. Toi, Eve, tu excelles à l'école, surtout dans les matières scientifiques, et ça ne t'empêche pas d'être stupide lorsque tu choisis tes amis.

Solo esquisse un sourire.

— C'est un drôle de défi ! je poursuis pour changer de sujet.

— Tu as tout compris. Tu dois entrer dans la peau de Dieu.

— Je peux pas faire une partie de Portal, plutôt ?

— Tu joues à Portal ? me demande Solo.

— Euh, oui ! je confirme, un peu intimidée. Ça ne te pose pas de problème qu'une fille joue à Portal, j'espère ?

— Une fille ? m'interroge-t-il, l'air perplexe.

— Bah oui, une fille ! Je suis une fille, non ?

— Bien sûr, pardon ! Je l'avais constaté, me répond-il.

— Certainement pas, Solo ! intervient ma mère. Tu n'as pas constaté que c'est *une* fille. Tu as juste constaté qu'il s'agit de *ma* fille.

Le regard qu'elle lui lance aurait dû le réduire à l'état de larve tremblante ; pourtant, Solo ne semble pas effrayé. Il fait mine d'être impressionné, mais, dans le petit numéro qu'il interprète sous nos yeux, je décèle un autre sentiment, bien plus profond.

— Vous avez raison, m'dame, acquiesce-t-il.

Aucun doute, il la hait. Je ne peux me tromper sur la sensation que j'éprouve. Solo déteste ma mère.

Il m'arrive également de haïr ma mère, mais ce n'est pas la même chose, car je *suis* sa fille.

Et il arrive aussi que je l'aime, comme c'est le cas en ce moment même. Si ce n'est pas de l'amour, en tout cas, je suis fascinée par sa manière d'aimer son travail.

Quoi qu'il puisse se tramer dans le cerveau de Solo à ce moment précis, il s'applique à le cacher. Lorsque ses yeux reviennent se poser sur nous, son attention est ailleurs et son regard indéchiffrable.

Solo a des cils absolument charmants, d'ailleurs, bien plus que les miens...

Tout à coup, j'ai besoin d'action. De mon index, je touche le moniteur, et les images sur l'écran géant se mettent à bouger.

— O.K., je dois donc créer un être humain, c'est bien ça ? Mais dois-je m'occuper uniquement de son apparence physique ?

— Ce serait trop facile ! répond ma mère.

Elle sourit, mais son sourire s'adresse à l'image géante générée par l'ordinateur, pas à moi.

— Si tu joues le rôle du Créateur, la partie la plus amusante est d'imaginer ce qui se passe à l'intérieur du cerveau de ton personnage. Son esprit.

Elle croise les mains pour former un panier avec ses doigts. Elle fait ce geste à chaque fois qu'elle parle à ses subordonnés.

— Nous vivons aujourd'hui un virage dans l'évolution de l'espèce humaine, expose-t-elle, faisant mine de sonder la réaction d'un public imaginaire. Jusqu'ici, l'évolution s'est opérée à l'aveuglette. À présent, nous qui sommes le fruit de cette évolution prenons les commandes des opérations.

Avec un regard dont l'intensité en dit long sur ses motivations, ma mère poursuit :

— Bientôt, nous pourrons dessiner et créer un nouvel être humain. L'évolution est en marche et, cette fois, elle est sous contrôle.

Elle marque alors une longue pause, comme si elle attendait des applaudissements.

— Bien évidemment, précise-t-elle ensuite, tout cela dans un cadre purement numérique ! Il s'agit uniquement de simulation informatique.

Je ne sais pas où elle veut en venir, mais je suis fascinée par le projet. L'écran de contrôle attire maintenant mon attention comme un aimant.

— J'aimerais... Enfin, si c'est possible... je voudrais bien qu'on me laisse m'amuser un peu avec le programme.

Ma mère sourit, visiblement satisfaite. En ce qui concerne Solo, c'est plus compliqué : je ne parviens pas à saisir ce qu'il pense de tout ça.

Dix minutes plus tard, je relève la tête et m'aperçois que je suis seule dans l'immense pièce. Je ne me suis même pas rendu compte qu'ils étaient partis.

★

Je me concentre sur la première option que je dois choisir. La première chose à laquelle je dois penser avant d'entrer au cœur de ce nouveau jeu : vais-je créer un homme ou une femme ?

Je scrute le moniteur, oubliant un instant l'écran géant.

Et soudain, j'en viens à une constatation déterminante : je ne suis pas belle.

Je suis mignonne, certes... mais simplement mignonne.

Je ne suis pas le genre de fille qui intéresse immédiatement les garçons.

Leader ? Non. Reine de promo ? Pas davantage. Éligible pour un contrat de mannequin ? Certainement pas.

Ce n'est pas comme si j'avais passé ma vie à attiser la flamme de la gent masculine. Et au lycée, abstraction faite des garçons qui sont à la recherche de mademoiselle Parfaite, des gamins puérils, des idiots, de ceux avec qui on s'ennuie ferme ou encore des obsédés sexuels, il ne reste plus grand monde.

Ce n'est pas que je me considère comme une fille exceptionnelle, mais quand même ! Je suis intelligente et parfois drôle. Et puis je suis mignonne. Je ne vois pas pourquoi je devrais perdre mon temps avec des gars qui s'expriment uniquement par monosyllabes et veulent m'emmener voir le dernier film gore.

Mais tout cela ne m'aide pas à répondre à la question que je me pose : Homme ou femme ?

Je ne comprends pas non plus pourquoi je devrais me laisser approcher par des types avec lesquels je n'ai aucun avenir. Ça ne me dit vraiment rien !

À ce jour, j'ai accepté trois rendez-vous. J'avais quatorze ans la première fois. Le dernier en date remonte à deux ans.

Une fois, un type a même essayé de m'embrasser, mais je ne l'ai pas laissé faire.

Je vis ce pan de ma vie par procuration grâce à Aislin. J'écoute ses histoires et je dois bien avouer qu'elles me fascinent – quoiqu'elles me consternent, parfois.

Il m'arrive de me demander ce que ça fait d'être dans la peau d'Aislin. À titre purement expérimental, évidemment ! Pour comprendre un peu mieux comment ça marche, les garçons, connaître les détails et y voir un peu plus clair.

Épilé ? Pas épilé ? Je n'ai aucun avis sur la question. Aislin, elle, pourrait écrire un mémoire sur le sujet.

Bien ! Qui vais-je créer avec ma super-machine ?

Un homme ou une femme ?

Je soupire et me tortille dans ma chaise roulante.

Avec qui vais-je m'amuser ?

C'est décidé : un homme !

II

Solo

Je ne parviens pas encore à entrer dans les fichiers cryptés du projet 88715.

Evening a terminé depuis une demi-heure ; je le sais parce que je l'ai observée depuis le poste de vidéosurveillance – son visage lorsqu'elle scrutait le moniteur était si intense. Grâce aux caméras disséminées dans le complexe, je peux même voir Terra lorsqu'elle délire sur la domination du monde à laquelle elle aspire sans se l'avouer.

Il y a quelques jours, j'étais encore en mesure d'accéder à ces fichiers et de les modifier. Mais mes interventions étaient toujours minimes et je ne pense pas qu'on ait pu déceler mes intrusions dans le système.

Je n'arrive pas à comprendre pourquoi je ne parviens pas à entrer dans le fichier d'Eve. Un nouveau protocole de sécurité m'en empêche. La plupart des nouveaux travaux me sont aujourd'hui inaccessibles.

Mais qu'importe, j'ai d'ores et déjà tout ce qu'il faut pour déclencher un ouragan chez Spiker. Il me suffit juste de confier les éléments dont je dispose aux instances gouvernementales concernées.

Dans peu de temps, je serai en mesure de contacter le FBI.

Ai-je vraiment envie de voir Terra Spiker en prison ? Je n'en suis pas sûr. Ce qui est certain, cependant, c'est qu'elle a enfreint la loi.

C'est l'heure d'aller à l'école ! Aujourd'hui, c'est samedi, mais je n'ai rien fait de la semaine et il serait temps que je m'y mette. Ça ne prendra pas longtemps. J'active la session de cours en ligne et remplace le logo de l'école par la photo d'un gars en train de dormir. Ça en dit long sur ma motivation !

À l'écran apparaît la vidéo du projet Manhattan[1], une conférence sur la première bombe atomique dont le texte s'affiche sur le côté droit de la fenêtre. Il contient de nombreux liens qui ouvrent des vidéos, des enregistrements audio et encore d'autres textes.

La voix du conférencier ronronne dans mon casque. Je clique sur un lien qui conduit vers une autre vidéo montrant l'explosion d'une bombe atomique.

Surgit alors une petite fenêtre de conversation. C'est un étudiant dont j'ai fait la connaissance sur

1. Le projet Manhattan est le nom de code donné au programme scientifique et technique qui a conduit à l'élaboration de la bombe atomique en 1943.

la Toile. Je ne sais pas si c'est un garçon ou une fille, mais il ou elle se fait appeler FerryRat7734.

FerryRat7734 : Qu'est-ce que tu deviens ?

SnakePlissken : Demande-moi plutôt comment j'ai fait pour en arriver là !

Je ne sais pas ce que signifie son pseudo. A-t-il pensé, en le créant, à ces rongeurs qui occupent les cales des ferries ? Se considère-t-il comme un nuisible dans cette société ? Je ne pose jamais la question du choix de leur surnom aux personnes que je rencontre en ligne. Elles ont le droit de prétendre être qui elles veulent.

Pour ma part, j'ai choisi le pseudo SnakePlissken parce que c'est le seul personnage de cinéma qui porte mon nom de famille. Plissken. Interprété par Kurt Russell dans deux films réalisés par John Carpenter, Snake Plissken est un rebelle qui lutte contre une société partie à la dérive et dont la motivation première est simplement de rester en vie. Personnellement, je n'apparais nulle part si on me « googlise », et c'est délibéré.

FerryRat7734 : C'est une idée ou bien ils sont en train de nous apprendre à fabriquer une bombe atomique ?

SnakePlissken : Tu sais, ce ne sont jamais les concepts scientifiques qui posent véritablement problème, mais plutôt ce qu'en font les ingénieurs.

FerryRat7734 : Tu crois que tu pourras m'envoyer tes notes sur la conférence de la semaine prochaine ?

SnakePlissken : Tu pars en vacances ?

FerryRat7734 : J'aimerais bien, mais c'est pas vraiment ça. Je dois être opéré.

Le conférencier reprend son discours. Une nouvelle boîte de dialogue s'ouvre et me pose une question : « Comment écris-tu Oppenheimer ? » Je devrais me contenter de répondre sans chercher à en savoir plus, mais la tentation est trop forte.

SnakePlissken : Quelle opération ?

FerryRat7734 : Mieux vaut que tu ne le saches pas, tu peux me croire !

C'est son avis, mais pas le mien ! Je pose une nouvelle fois la question.

Greffe du poumon. FerryRat souffre d'une fibrose kystique, une maladie génétique. Cette greffe constitue sa dernière chance de guérison.

SnakePlissken : Merde ! Désolé.

FerryRat7734 : Comme tu dis ! Mais dis-toi une bonne chose : je ne suis pas encore mort !

Que peut-on ajouter lorsque quelqu'un vous dit des trucs pareils ?

Je prends conscience pour la première fois que bon nombre des étudiants qui fréquentent ce réseau de cours en ligne, et que je ne connais que par leur surnom, sont probablement malades. J'ai honte de ne pas l'avoir compris plus tôt.

« Ne serais-tu pas légèrement égocentrique ? » susurre une petite voix dans ma tête.

Je poursuis la conférence jusqu'à son terme, puis je m'attelle à mes missions du jour.

La patronne m'a demandé d'aider à préparer les suites des invités pour le prochain séminaire organisé par Spiker. Ce genre d'événement se produit environ une fois par mois. Il réunit des grosses têtes et des responsables de haut rang autour d'un dîner et d'une conférence vantant les mérites de la biotechnologie en général, et les prouesses des laboratoires Spiker en particulier.

Je suis chargé de disposer des bouquets de fleurs dans chaque chambre, de vérifier le contenu des minibars. Ensuite, je dois remplacer le barman du restaurant pendant quelques heures.

Théoriquement, je ne suis pas censé faire ce genre de boulot, mais ça plaît à Terra de me confier des travaux manuels. Histoire de m'apprendre à rester humble ! Ce qu'elle ne sait pas, c'est que ces activités sans intérêt constituent pour moi l'alibi idéal.

Quand j'aurai terminé, j'entrerai dans le système sous une fausse identité et ferai des recherches sur la fibrose kystique. Si Terra est une incarnation du mal à tendance criminelle, son laboratoire, lui, est un puits intarissable de connaissances et de bienfaits pour l'humanité tout entière.

Je trouve un grand nombre de références sur la fibrose kystique. Le labo a mené plusieurs recherches sur le sujet. Phénomène curieux : tous les fichiers ont été déplacés sur le projet 88715.

Je procède à une recherche sur les maladies génétiques dans Google. La liste des résultats est longue.

Revenant à la base de données de Spiker, je recherche les articles relatifs à l'hémophilie. Là encore, les données ont été transférées sur le projet 88715.

Neurofibromatose : transféré.

Drépanocytose : transféré.

Maladie de Tay-Sachs : transféré.

Presque toutes les données concernant les maladies génétiques ont subi le même traitement. Impossible que cela soit un simple hasard. Pourquoi les travaux relatifs à plus d'une demi-douzaine de maladies génétiques qui sont au cœur des recherches de Spiker ont-ils été soudain intégrés au projet 88715 ?

Pourquoi déplacer toutes ces informations vers un projet de logiciel ludo-éducatif ?

J'ai appris que le budget global du projet 88715 avoisinait les douze millions de dollars. C'est une somme astronomique pour le commun des mortels, mais pas pour Spiker. Ici, tout investissement de moins d'un milliard n'est que menue monnaie.

Si j'additionne toutes les sommes dépensées dans le cadre des recherches sur la fibrose kystique, l'hémophilie et les autres maladies génétiques, après un rapide calcul j'arrive à un total de vingt-huit milliards de dollars !

Un investissement de vingt-huit milliards de dollars qui, tout à coup, se trouve concentré dans un projet à douze millions !

C'est un peu comme si la gestion de tout un centre commercial passait entre les mains d'un gamin qui vend de la limonade au coin de la rue.

Quelque chose ne tourne pas rond chez Spiker ! Je ne sais pas encore quoi, mais je le découvrirai.

12

Eve

— Hum… caviar ! s'exclame Aislin.

C'est l'une de ses expressions préférées.

C'est la fin de l'après-midi lorsque Solo entre dans ma chambre, le sac à bandoulière de mon amie entre les mains.

Cette fille n'est pas équipée de la fonction « self-control ». Elle est incapable de s'empêcher de dire ce qui lui traverse l'esprit.

— Pardon ? répond Solo.

— C'est cher et, hum, exquis ! Je pourrais en manger à la cuillère, dit Aislin de sa voix la plus sensuelle et hypnotique.

La surprise qui s'affiche sur le visage de Solo montre qu'il n'est pas habitué à côtoyer ce genre de fille. À vrai dire, je ne connais personne qui soit habitué à des filles comme Aislin… Elle est unique.

— Laisse-le tranquille, Aislin.

Mon Dieu, je me rends compte combien elle m'a manqué. Que dire d'autre sinon que j'aime cette fille qui est tout l'opposé de moi ?

— Oh, pardon, E.V. Je ne savais pas que c'était chasse gardée, me lance-t-elle innocemment. Tu me laisseras les restes ? poursuit-elle sans le quitter des yeux.

Aislin est grande et porte des shorts qui, s'ils étaient plus courts, s'appelleraient maillots de bain. Ses jambes sont immenses. On dirait que son tee-shirt a été peint à la bombe sur sa peau. Ses cheveux sont courts et sa coupe stylisée met en valeur ses yeux allongés, qui lui donnent un air félin et exotique.

Et sa poitrine, n'en parlons pas ! L'impudeur avec laquelle elle la met en évidence peut avoir des effets dévastateurs.

Je n'ai pas de réel problème d'amour-propre. Je m'aime plutôt bien comme je suis. Mais j'avoue que, parfois, je donnerais cher pour avoir le corps d'Aislin… et son audace.

Mon amie ne connaît pas la peur. Ou plutôt elle montre qu'elle n'a peur de rien.

— Ton sac, souffle Solo d'une voix mal assurée tout en désignant l'objet du menton.

Il recule légèrement et ajoute :

— C'est… euh… la sécurité… tu sais !

Il me lance un regard qui trahit la panique et je hausse les épaules. Je ne suis pas là pour le secourir ! Songeant à ce qui va se produire, je baisse la tête pour dissimuler le rictus qui se dessine sur mon visage.

Aislin prend le sac des mains de Solo, mais, avant qu'il n'ait le temps de s'échapper, elle agrippe fermement son poignet et ouvre le sac pour en examiner le contenu.

— J'imagine qu'ils ont confisqué mon flacon…

— Ils ont effectivement parlé d'un effet personnel qui te sera restitué à la sortie, mais je ne sais de quoi il s'agit, répond Solo.

Bien, mon garçon, tu as réussi à prononcer une phrase entière.

— Attends ! s'écrie Aislin en sortant de son sac un ruban de préservatifs, le regard vissé sur celui de Solo. Ouf ! Ils n'ont pas pris le plus important.

Un curieux hennissement sort de la bouche du garçon avant qu'il ne quitte la chambre en s'efforçant de ne pas courir.

Incapable de dissimuler son enthousiasme, Aislin se met alors à rire et s'assoit sur le bord de mon lit.

— Tu n'es vraiment qu'une garce ! lui dis-je, un sourire au coin des lèvres.

— Je sais.

— Tu ne peux pas t'imaginer combien tu m'as manqué. D'ailleurs, tout me manque, ici, même mes devoirs et la puanteur des vestiaires du gymnase. Tu imagines ?

— Ne t'inquiète pas. De toutes les façons, c'est bientôt les vacances. Et puis ils te laisseront repasser les examens en septembre.

Elle tapote *la* jambe.

— Oh, pardon, je suis désolée ! Je t'ai fait mal ?

— Non, non, pas de souci. Les cachets contre la douleur font bien leur boulot.

Je marque une brève pause avant de poursuivre :

— Tu n'as pas quelque chose à me raconter ? Comment va Maddox ?

— Qui ? Je suis désolée mais, à la vue de ce colosse, tout mon passé a disparu de ma mémoire !

— Ce colosse s'appelle Solo !

Elle sourit d'un air rêveur.

— Moi, ça me dirait bien d'être son duo !

Puis reprend son sérieux avant d'ajouter :

— Maddox est en liberté conditionnelle. S'il ne bousille pas ses chances, ils le laisseront réaliser des tâches d'intérêt général plutôt que le faire croupir derrière les barreaux.

— Avec des « si », on mettrait Paris en bouteille…

Je sais que ce n'est pas bien, mais les soucis d'Aislin me rassurent un peu. Je n'ai pas une vie aussi anormale que ça, finalement.

J'ai rencontré Aislin quand nous étions en sixième. Mon père est mort l'été suivant et elle a été ma seule source de distraction pendant toute cette période. Déjà, à l'époque, Aislin était une *fashion victim*. Si j'étais loin d'imaginer l'intérêt que pouvaient constituer les garçons, Aislin, elle, les charmait déjà comme un cobra avant de fondre sur ses proies. Mais elle était aussi la seule capable de me faire rire pendant cette année abominable.

— Tu connais Maddox ! ajoute-t-elle en détournant son regard pour me signifier que le sujet la dérange.

Lorsqu'il sortira de prison, et ce jour-là viendra assurément, Aislin sera devant la porte, à l'attendre.

Sa loyauté est sans faille. J'aime cette fille pour ça, aussi.

— Bon, à quoi occupes-tu tes journées ici ? demande-t-elle.

— Aide-moi à m'installer dans mon fauteuil et je te montrerai.

Voilà plusieurs jours que je ne me suis pas regardée dans un miroir. Je me demande si j'ai toujours le même air de déterrée.

— Emmène-moi devant le miroir, s'il te plaît.

Ce dernier, immense, est encadré de dorures tape-à-l'œil et je m'attends au pire. Il y a quelques jours, je me suis découvert une mine épouvantable en me regardant dans une petite cuillère. Deux yeux au beurre noir, un nez rouge et deux grosses bosses sur le front, l'une de la taille d'un jaune d'œuf. Depuis, j'évite les miroirs ou toute surface capable de refléter mon image.

Je me trouve à présent face à mon reflet et je reste bouche bée.

Je suis redevenue moi !

— Waouh ! Mais où sont mes blessures, mes ecchymoses, mes bosses ? Rapproche-moi un peu, s'il te plaît.

— C'est vrai que c'est difficile à croire. Il y a quelques jours encore, tu étais presque morte...

— C'est fou ! Je veux dire, mes yeux étaient complètement...

Je passe ma main sur mon visage pour m'assurer qu'il s'agit bien de moi, et non d'une image virtuelle projetée sur un écran. Quelques jours plus tôt, on aurait dit que j'avais été percutée par un train. À juste titre d'ailleurs !

Aislin hausse les épaules.

— Ouais… Mais c'est pas vraiment un hôpital ici, hein ?

— Non, c'est certain, on ne peut pas dire qu'il s'agisse d'un hôpital au sens où on l'entend généralement. Ma mère était complètement dingue à l'idée de me laisser dans un hosto de San Francisco. J'imagine qu'elle avait quelque chose en tête.

Tout en écoutant mes réflexions, Aislin scrute la chambre.

— Écran géant, *sound system* au top. Je ferais peut-être bien de me faire renverser par une voiture !

— J'avais des points de suture ici ! dis-je tout en soulevant la bande de sparadrap. Juste là, sur la joue. Et maintenant, rien !

— Quelle chance ! s'exclame Aislin. Ça aurait été difficile à cacher avec du maquillage.

Elle fait glisser la porte du placard.

— Eh ! On ne s'embête pas, à ce que je vois ! Je peux te piquer une robe ?

Je détourne mon attention du miroir et jette un œil au contenu du placard. Mon carnet de croquis est perché sur la plus haute étagère, à peine visible.

— Dis, tu peux attraper mon carnet, s'il te plaît ? Ma mère l'a probablement caché tout là-haut pour m'empêcher de le trouver.

— Est-ce que je t'ai déjà dit que ta mère est une salope, froide comme un iceberg ?

— Je crois que oui, je réponds en attrapant mon téléphone. Au moins, elle a fini par me rendre mon portable. En plus, il est chargé. C'est pas beau, ça ?

Aislin se hisse sur la pointe des pieds et attrape le carnet. Elle en parcourt quelques pages avant de s'arrêter sur l'une d'elles, qu'elle me montre.

— J'adore ce gars. Tu travailles sur lui depuis longtemps, n'est-ce pas ?

— C'est un dessin ! Il n'a pas d'épaisseur, pas d'âme.

— On s'en fout de l'épaisseur.

— Je n'arrive pas à dessiner ses yeux correctement.

— Hum. Peut-être, oui, mais il a des lèvres magnifiques. Il me rappelle quelqu'un. On dirait ce gars, là, So-hot !

— Solo, tu veux dire ?

— Je pense qu'il a besoin d'un corps. Je parle de ton dessin, bien sûr. Sur ce terrain-là, So-hot a ce qu'il faut.

Elle me sourit d'un air narquois.

— À ce propos, si tu as besoin d'aide, je peux finir le travail avec toi, si tu vois ce que je veux dire...

Je ne prête pas attention à sa remarque.

— Ça doit être génétique. Mon père n'a jamais réussi à dessiner un visage correctement.

— Mais il était sculpteur !

— Sculpter, dessiner, c'est la même chose.

Je regarde par la fenêtre l'ondulation des collines estompées par le brouillard qui s'est abattu sur la région. Je me souviens qu'une fois papa a essayé de dessiner ma mère. Il employait des pastels à l'huile, si je me souviens bien. Il a laissé tomber après quelques tentatives.

— Il faut dire que ça doit pas être simple de coucher Satan sur une toile ! commente Aislin en déposant mon carnet sur la table de chevet. Tu peux quand même dessiner, avec ton bras en vrac ?

— Nan (je regarde mon bras enrubanné). Mais au rythme où vont les choses ici, qui sait ?

— Bon, où est le minibar ?

— Il y a un réfrigérateur dans ce placard, avec des sodas.

Aislin sort alors un flacon dissimulé sous la ceinture de son short, l'ouvre, en boit une gorgée et me le tend.

— Un peu de sirop pour la toux, chérie ?

— Tu veux dire « vodka », non ?

Je n'ai pas envie de lui montrer ma désapprobation. Vraiment pas, parce que, à chaque fois qu'on aborde le sujet, cela érige une barrière entre nous.

— Vodka citron, sirop pour la toux, qui verra la différence ? me demande Aislin.

— Je suis plutôt tentée, mais je ne préfère pas, merci.

— Tu prends des médocs, c'est ça ?

— Oui, mais c'est surtout que je n'ai pas l'habitude de boire, tu le sais très bien !

— Tu as déjà bu de la bière, non ?

— O.K., mais n'en parle pas à ma mère, sinon elle te bannira à jamais.

Je marque une pause. Soudain, je sens les traits de mon visage se tendre et la sensation d'un grand vide m'envahir.

— Aislin… je me sens si seule ici… J'ai tellement besoin de toi !

Mon amie est plutôt dure à cuire. Pourtant, des larmes ne tardent pas à remplir ses yeux. Elle me prend dans ses bras et me serre si fort qu'elle manque de m'étouffer.

— Ne t'inquiète pas, personne ne m'éloignera de toi, me rassure-t-elle. Je ne t'abandonnerai pas.

Un grand sourire illumine son visage.

— À présent, allons chercher Monsieur Timide. Je vais lui dire que tu es amoureuse de lui.

— Je te tue si tu fais ça !

— Tu crois que tu me fais peur, sur ta chaise roulante ?

— Il y a quelque chose d'autre que je voudrais te montrer d'abord.

Aislin me conduit vers la porte.

— Qu'est-ce que c'est ?

— Je suis en train de créer mon propre mâle.

Aislin fronce les sourcils et questionne :

— Mail ? Tu veux dire « mal » ?

— Non, non, pas « mal »… « mâle », m-â-l-e.

— Je suis tout à toi, ma belle !

13

Solo

Elle a une amie. Pas vraiment le genre de relation que je lui aurais imaginée, mais c'est ainsi.

Intéressante, en tout cas !

Du bout du couloir, je vois Eve et Aislin se diriger vers l'ascenseur à tombeau ouvert. Eve laisse exploser sa joie. J'adore sa manière de rire à gorge déployée.

Comment m'y prendre pour qu'elle ne se doute de rien ? Eve n'est pas idiote, elle va vite se rendre compte que je me renseigne à son sujet.

Je dois la connaître, au moins un petit peu. Et pas seulement comme étant une fille, même si, indéniablement, elle suscite mon intérêt. Mais là n'est pas la question ! Je dois en savoir plus pour décider si, oui ou non, elle a un rôle à jouer dans l'histoire.

Je décide de les laisser filer et profiter de leur bon temps. Je n'ai pas envie de tout gâcher. Et j'ai du travail.

Je ne peux m'empêcher de les regarder s'éloigner, cependant. Je n'aime pas les voir ici. Jusque-là, je m'en suis toujours sorti sans avoir besoin de qui que ce soit. Depuis des années, je suis seul, et finalement je ne m'en porte pas plus mal. Certes, je discute en ligne avec quelques contacts, mais ce n'est pas comme si je les connaissais vraiment. Et les êtres humains de mon âge ne sont pas nombreux, par ici.

Je me retiens de les rattraper tandis qu'elles entrent dans l'ascenseur.

Les portes se referment. Trop tard !

Me monte alors une envie de cogner dans un mur, ou dans n'importe quoi. Une rage qui me fait presque vaciller.

Le vibreur de mon téléphone me ramène sur terre. Le boulot, c'est sûr. Ce n'est pas comme si une vingtaine de copains connaissaient mon numéro. À tous les coups, c'est encore quelqu'un qui veut une pâtisserie ou un rack d'instruments qui est sorti d'un autoclave et qu'il faut remettre en place ou encore un type qui a oublié quelque chose dans sa voiture et veut que j'aille le chercher. Théoriquement, ça pourrait aussi être un de mes professeurs en ligne, mais rien n'est moins sûr : je suis à jour dans mes devoirs et ils n'ont aucune raison de me contacter.

Je lis le message inscrit à l'écran. Tommy le Tatoué veut un cappuccino accompagné d'un bagel aux graines de sésame. Gagné !

Je me dirige vers l'ascenseur en râlant. J'appuie sur le 7 et je suis transporté vers l'étage où sont réunies toutes les têtes pensantes du complexe. L'espace, immense – on pourrait y faire stationner un avion de ligne –, est compartimenté en cubes qui constituent autant de stations de travail modulables…

Chaque compartiment, équipé d'un bureau et d'une chaise, est monté sur quatre roues et dispose d'un moteur électrique qui en permet le déplacement. Ainsi, on peut les regrouper facilement et former des blocs de travail de composition et de volume variables. Cette modularité de l'espace induit une certaine difficulté à repérer les individus qui travaillent à cet étage. Aussi dispose-t-on d'une application qui identifie la position de chacun à tout instant. Je sais, par exemple, que Tommy le Tatoué, un biochimiste fou qui nous vient de Berkeley, est actuellement en train de travailler en J-7.

Dans la cuisine, je saisis un panier rempli de « bonnes choses » : caféine sous toutes ses formes, thés organiques, bagels, muffins, barres énergétiques. Ce que je fais là n'est pas vraiment mon job, mais peu m'importe. Il n'y a pas de meilleure manière de rester incognito et transparent aux yeux de tous. Si vous êtes le gars qui apporte les cafés, cela signifie que vous n'entendez strictement rien à ce qui se trame ici et que ce qui s'affiche sur les écrans s'apparente pour vous à du javanais. Dans un endroit dont les occupants se considèrent comme des génies, un type qui s'occupe de vous servir cafés et friandises existe à peine. Du coup, personne ne me prête attention lorsque j'ai l'air de vérifier mes e-mails sur mon téléphone, alors qu'en réalité je suis en train de faire des photos ou des vidéos.

Je m'interromps un instant pour boire une gorgée d'eau. Karen, une assistante en recherches biochimiques, pioche dans le panier un morceau de fromage danois.

— Tu as eu une promotion ? me demande-t-elle.

Je hausse les épaules et m'éloigne tout en gardant les yeux grands ouverts. C'est difficile de voler des infos, ici, mais pas impossible.

Chez Spiker Biopharm, on ne fonctionne pas en cloud, comme dans les autres entreprises, pour administrer et centraliser les informations. Et c'est là mon plus gros problème.

C'est une question de sécurité. De nos jours, chacun télécharge ses données sur un serveur distant. C'est ainsi que l'on centralise et sauvegarde ses photos, sa musique, ses manuscrits et toutes sortes d'informations. Mais chez Spiker, c'est différent. Ici, toutes les données sont centralisées dans des serveurs locaux. Il n'y a aucun graveur de CD, ni port USB où connecter des disques durs externes.

Et tout cela ne facilite pas la tâche du voleur d'informations que je suis.

Au fil du temps, j'ai tout de même réussi à créer un dossier, enregistré dans mon cloud personnel, dans lequel sont réunies toutes les données que j'ai récupérées. Je l'ai crypté d'une manière si complexe que même la CIA ne pourrait le craquer. En général, une méthode de cryptage efficace utilise quatre ou cinq caractères pour définir le code de sécurité. Moi, j'en ai employé trente-deux !

C'est à cela que je pense tout en me rapprochant du poste où Tommy est en train de travailler.

— Un bagel et un cappuccino, c'est bien ça ?

Tommy a dans les trente ans. À l'exception des mains, du cou et du bas du visage, il est entièrement recouvert de tatouages. Sur son front, on peut même lire le mot « Pixies » en caractères gothiques – un groupe de rock alternatif qui sévissait dans les années 1990.

Tommy se considère comme un type cool. C'est vrai qu'il est plutôt sympa, mais dans un genre assez condescendant. C'est le type d'individu qui, s'il sait qu'il est la personne la plus intelligente du groupe, se comportera toujours gentiment avec quelqu'un d'inférieur.

— Avec des graines de sésame ? me demande-t-il.

— Oui, avec des graines de sésame.

Il prend le bagel, soupire et secoue la tête en guise de remerciement.

— Hé, mon pote, t'as rencontré la fille ?

Je devine ce qu'il veut dire, mais je préfère jouer l'idiot.

— Quelle fille ?

— La fille de la patronne… Je ne connais pas son nom.

— Vous voulez parler d'Evening Spiker ? Oui, oui, je l'ai rencontrée.

Il me dévisage bizarrement, comme s'il mesurait ma capacité à répondre à la question suivante et se demandait jusqu'à quel point communiquer avec moi n'est pas une perte de temps.

— Et comment est-elle ? Elle est lumineuse ? stupide ? ou quoi ?

Je hausse les épaules puis, parce que je ne suis qu'un paysan et parce qu'un adolescent en ferait autant, je réponds :

— Elle a l'air plutôt intelligente. Pourquoi ?

Il secoue la tête, visiblement irrité. Les questions sont censées venir de lui. J'ai affaire à Tommy le Tatoué et celui-ci tient à sa réputation.

— La boss s'en sert... Elle a une idée derrière la tête... L'heure des amateurs est arrivée.

Il cligne des yeux, il sait qu'il est allé trop loin. On ne critique pas Terreur Spiker.

Je hausse de nouveau les épaules.

— Evening ne peut pas faire grand-chose. Elle est tout de même dans un sale état.

— Ouais, peut-être, mais je parie qu'elle va très vite retrouver la forme.

— J'espère pour elle.

C'est certain, elle va très vite recouvrer ses capacités. Et manifestement, mon tatoué est lui aussi au courant de sa propension à guérir quasi miraculeuse.

— Bon, peu importe, ajoute Tommy. En attendant, elle fait mumuse avec un logiciel que j'ai concocté une nuit où j'étais complètement défoncé.

— Terreur lui a montré ce matin. Le projet 88 quelque chose, c'est ça ?

— Ouais, tout juste, gamin ! Mais c'est que des conneries, ce truc !

Tommy avale une gorgée de cappuccino fumant. Je lui propose un autre bagel.

— Nan, me répond-il.

— Peut-être un peu plus tard ?

Quoi que tu en penses, Tommy, je connais une ou deux choses à propos du projet 88715. Et je sais qu'il s'agit d'un programme bien plus ambitieux que ce que tu prétends. En tout cas, c'est beaucoup plus qu'une simple représentation en couleur d'un ADN projeté sur écran géant. Aucun doute là-dessus. C'est bien plus qu'un jouet que Terra a confié à sa fille pour l'occuper.

Et il y a autre chose que je sais. Lorsque Tommy et les génies du labo murmurent à propos du projet 88715, ils lui donnent un tout autre nom. Ils l'appellent le « projet Adam ».

14

Eve

— Bon, quand est-ce qu'on commence à fabriquer son machin ? me questionne Aislin, les yeux rivés sur l'écran géant.

— Son quoi ?

— Oh, tu sais très bien ce que je veux dire.

— Est-ce que tu es en train de faire référence à ses parties masculines ? je lui demande, l'air de rien. Il convient de respecter un ordre précis. C'est ainsi que le logiciel fonctionne. Il commence par te demander de préciser les détails physiques fondamentaux. Ce matin, par exemple, j'ai travaillé sur les yeux.

— Tu veux dire *ses* yeux.

Aislin me dévisage tandis que je tape sur le clavier de l'ordinateur.

— Tu es bien en train de fabriquer un mâle, n'est-ce pas ?

J'opine de la tête.

J'adore ce logiciel. Il a tout d'un programme de création artistique, avec la qualité suprême de ne jamais vous laisser dans l'erreur. Chaque mauvais pas peut être annulé d'une simple pression sur une touche.

Je clique sur un bouton baptisé « Montre-moi ». À l'écran, sur le mur, deux énormes iris font leur apparition. Juste les iris, sans le blanc des yeux.

— Hé ! Mais c'est quoi, ce truc-là ? s'exclame Aislin.

— Des iris. Je lui ai fait des yeux noisette.

— Et pourquoi noisette ?

— Je ne sais pas. Je ne connais personne avec des iris de cette couleur. Ceci explique peut-être cela.

La manière dont ils ont développé ce logiciel est absolument fascinante. Tout un paquet de gènes concerne la couleur des yeux d'un individu. Il suffit de déposer ceux que l'on a choisis dans une sorte de matrice. Celle-ci se présente sous la forme d'une longue chaîne de perles, dont un certain nombre sont préremplies. À vous de remplir celles qui sont restées vides.

Je peux augmenter ou diminuer la valeur d'agrandissement de l'image. À l'échelle réelle, ces sections de chromosome seraient absolument invisibles. Au format agrandi, chaque élément fait plus d'un mètre quatre-vingts de diamètre. À croire que l'agrandissement est possible jusqu'à l'infini.

Aislin allonge ses jambes sur la table et se recule dans sa chaise avant d'ajouter :

— Ça me fiche la trouille, ton truc. Tu ne peux pas t'intéresser à autre chose ?

J'ajoute un peu plus de blanc pour le blanc des yeux, puis je déroule le menu des options.

— Je crois que ça y est. Passons aux cils.

— Oh, non ! On pourrait pas plutôt s'occuper de ses abdos !

— Je t'ai déjà dit qu'il ne me laissera pas faire ! En plus, les cils ont leur importance, non ?

— Ouais ! Si tu le dis !

J'opte pour des poils fins et Aislin approuve de la tête.

Je suis concentrée sur l'objet de ma création.

— En fait, je ne suis pas convaincue par la couleur des iris. L'effet obtenu n'est pas très net, tu ne trouves pas ?

— Quelle est ta couleur d'yeux préférée ?

— Je n'en ai pas.

Ma réponse ne semble pas la convaincre.

Je sélectionne un bleu.

— Un peu plus, déclare Aislin.

À présent, la couleur de l'iris tend vers un bleu intense, celui d'un lac profond au crépuscule.

— Bingo !

— Au suivant ! j'ajoute. Acuité visuelle. Notre bonhomme est-il myope ?

— Ah, ça non ! s'insurge Aislin. Il ne porte ni lunettes ni lentilles de contact.

Je réfléchis un instant. Tout le monde a ses petits défauts, non ? Cela fait-il de nous des gens moins intéressants ? N'est-ce pas grâce à ces défauts que nous échappons à la conformité d'une copie carbone, que nous nous différencions les uns des autres ? Pourquoi notre garçon ne porterait-il pas des culs de bouteille sur le nez toute sa vie ?

— C'est d'accord, tu as gagné. J'opte pour une vision d'aigle. Je pourrais toujours changer d'avis plus tard.

— Au fait, quel âge ont-ils, ces yeux ? s'enquiert Aislin.

— Ça fait partie des fonctionnalités de ce simulateur. Il te permet de choisir l'âge de ton sujet. Tu peux en faire un bébé qui porte encore des couches, opter pour un individu en pleine force de l'âge ou créer un petit vieux proche de la fin. Tout est possible. Que dis-tu de dix-sept ans, par exemple ?

— Dix-huit, suggère Aislin avec conviction.

— Va pour dix-huit.

Au moment où nous nous posons ces questions, un message du système apparaît à l'écran : « Approvisionnement sanguin nécessaire pour assurer la viabilité. »

Mais oui, bien sûr, l'approvisionnement sanguin ! Je n'imaginais pas qu'il était utile d'y penser à ce stade du processus…

— L'ordinateur te fait des signes, observe Aislin tout en désignant l'écran.

— Les yeux ont besoin de sang.

— Bah oui, ça doit être ça !

— Je dois créer un cœur et un système sanguin.

Je parcours rapidement les options disponibles.

— Ou bien je peux le connecter provisoirement à un système artificiel.

— La seconde option paraît plus simple, non ?

L'image projetée sur l'écran géant s'est transformée de façon spectaculaire. On pourrait jurer, maintenant, que ces deux yeux sont devenus réels. On les dirait suspendus dans un liquide translucide. Les veines et les artères sont connectées à un tube en plastique qui pulse du sang à intervalles réguliers, exactement comme le ferait un cœur humain.

— C'est dégoûtant ! s'exclame Aislin.

— Mais c'est aussi hallucinant, non ?

Le téléphone d'Aislin émet alors une série de bips qui indiquent qu'elle a reçu un message.

— C'est Maddox, dit-elle d'un air à la fois excité et coupable.

C'est l'air qu'elle a lorsqu'elle veut me faire comprendre qu'elle a une urgence qui l'oblige à partir.

— Ah, non ! je m'écrie tout en m'accrochant à son bras. Tu viens à peine d'arriver.

— Je ne sais pas ce qui se passe. Il est en mode panique.

Aislin s'est levée et s'étire maintenant devant moi.

— Tu le connais, je ne peux pas le laisser seul, poursuit-elle.

Oui, je sais bien comment il est. Et justement, ça m'insupporte. Dans le cas présent, cependant, il s'est peut-être passé quelque chose de grave.

— Tu sais, je peux revenir demain et nous continuerons de nous amuser !

Je lui réponds en soupirant :

— O.K., mais je ne t'attendrai pas pour avancer sur mon bonhomme. Veux-tu que je fasse appeler une limousine pour te ramener en ville ?

— C'est inutile. Maddox passe me prendre. Ne t'inquiète pas.

Aislin se penche vers moi et m'embrasse.

— Je t'aime, tu sais, me glisse-t-elle dans l'oreille.

— Moi aussi.

— Tu veux que je te ramène à ta chambre ?

Je jette un œil aux yeux d'un bleu profond projetés à l'écran. On dirait deux planètes Terre jumelles.

— Non, merci, je crois que je vais rester encore un peu.

Aislin s'éloigne en direction de la porte, puis marque une pause.

— Tu sais quoi ?

— Non, dis-moi ?

— Je suis vraiment heureuse que tu sois en forme.

Son regard se pose sur l'écran géant.

— Au revoir, Adam, ajoute-t-elle avant de quitter la pièce.

Adam. J'imagine que si l'on est sur le point de créer un homme, le premier prénom qui vient à l'esprit est celui-là.

Pourtant, je n'aime pas trop ce prénom. Pendant toute ma vie, j'ai insisté pour que l'on m'appelle Evening ou E.V., et pas Eve. Eve est systématiquement associé à Adam et Eve, au fruit interdit et à leur nudité. À l'école primaire, et même au collège, ce genre d'association dérape facilement.

Je me demande si mon Adam refuserait de s'appeler Adam pour les mêmes raisons... C'est un peu facile de l'appeler Adam simplement parce que ma mère, qui manque cruellement d'imagination, m'a baptisée Eve.

Je pourrais l'appeler Stéphane... Pourquoi pas ?

— Salut...

Surprise, je fais un bond sur ma chaise roulante. Heureusement, ma jambe ne semble pas protester. Ces médicaments contre la douleur sont vraiment efficaces.

Solo me présente un panier plein de bonnes choses à manger. Depuis combien de temps était-il posté derrière moi ?

— Eh ! Tu ne peux pas frapper avant d'entrer ?

— Pour ça, il faudrait qu'il y ait une porte...

— Fais au moins un bruit ou n'importe quoi qui m'informe que tu es là !

Solo se racle la gorge et me tend le panier.

— Ce sont des yeux, n'est-ce pas ? demande-t-il, le regard rivé sur l'écran. Comment s'appelle cette couleur ?

— J'étais justement en train de la changer. J'essayais un bleu.

— Tu aimes les yeux bleus ?

— Oui, j'aime bien les yeux bleus.

— Je suis sûr que tu as envie de manger quelque chose, me dit-il en me tendant un petit sac en papier qu'il a pris dans le panier.

L'horloge affichée au coin de l'écran indique 15 heures 17.

— Comment sais-tu que je n'ai pas déjeuné ?

— Une intuition, me répond-il en me regardant droit dans les yeux.

Je sauvegarde alors mon travail sur Adam et me déconnecte.

— Allez, tu ne vas pas déjeuner ici, poursuit Solo.

Avant que j'aie le temps de répondre, il pose le sac contenant mon déjeuner sur mes genoux et attrape les poignées de ma chaise roulante.

— Qu'est-ce que tu fais du panier ?

Il hausse les épaules.

— Peu importe !

Nous descendons d'un étage, traversons un long couloir et parvenons dans une grande salle occupée par des jeux dont raffolent les petits génies qui travaillent ici. L'espace est éclairé par une grande baie vitrée offrant un magnifique panorama sur le golfe. Le brouillard s'est levé et la vue sur le pont Richmond-San Rafael est parfaitement dégagée. Au loin, un cargo glisse doucement sur l'eau, telle une baleine sillonnant les mers. Si j'étais capable de voir au-delà d'Angel Island, je pourrais apercevoir la ville. Ma maison me manque, mon école et mon quartier me manquent.

Quatre personnes sont en train de manger à une vingtaine de mètres de nous. Trop loin pour que je puisse entendre leur conversation. Solo dispose notre repas sur une table. Sandwichs, chips, puddings au chocolat et à la vanille.

— Ça a l'air bon, dis-je en attrapant un sandwich à la dinde et au brie.

— Ta mère prend soin de ses employés.

— Oui, j'ai cru remarquer. Tu sais ce qui manque ? Un bon Double Whopper.

Il opine de la tête.

— Tu es une fan des Burger King, à ce que je vois !

— J'en ai envie simplement parce que je sais que je ne peux pas en avoir. J'ai aussi envie de coquillettes au jambon et à la sauce tomate, celles qu'ils servent à la cantine du lycée un mardi sur deux. Et aussi… non, laisse tomber !

— Vas-y, continue ! Ça m'intéresse de savoir ce qui te manque.

J'engloutis un morceau de sandwich et avale une gorgée d'eau pétillante parfumée au citron.

— Zachary me manque aussi. On y trouve les meilleures pizzas de San Francisco. Et ça me manque de ne pas me préparer pour aller au lycée, de ne pas attendre le bus le matin.

— Tu n'y vas pas en limousine ?

Je grimace.

— Ma mère me l'a proposé, mais…

— Mais tu n'as pas envie d'arriver au bahut en limousine… et ça peut se comprendre.

— Je n'ai pas envie de ressembler à ceux qui viennent dans des voitures de luxe.

— C'est une école privée ?

— Une fois, j'ai essayé de convaincre maman de m'inscrire à l'école publique, dis-je en riant. J'avais envie d'être avec des enfants normaux, qui vivent sans gouvernante.

— Pauvre petite fille de riches, commente Solo en souriant.

Je pourrais être offensée par sa moquerie, mais il n'en est rien.

— Ma vie normale me manque, tu peux pas imaginer.

— Mais tu ne peux pas partir à cause de ta jambe, c'est ça ? C'est très douloureux ?

— Pas vraiment. Les antidouleurs sont efficaces.

Il regarde son sandwich et mâche pensivement. Il semble qu'il ait quelque chose à me dire, mais qu'il ne sache pas comment l'exprimer.

— Est-ce que tu l'as vue sans les bandages ? Je veux dire : est-ce que tu as vu l'état actuel de ta jambe ?

Je secoue la tête.

— Non.

Je fronce les sourcils et il reporte son attention sur la mer qui s'étale sous nos yeux.

— J'ai bien demandé, je poursuis, mais ils m'ont dit que ce n'était pas joli à voir et que ça ne servirait à rien, sinon à m'inquiéter davantage.

Un léger sourire court un instant sur son visage.

— Ils ont sans doute raison, observe-t-il.

J'écarte alors mon sandwich et laisse percer mon agacement :

— Mais qui es-tu donc, bon sang ?

— Solo Plissken, répond-il simplement.

— Je ne t'ai pas demandé ton nom. Je veux savoir qui tu es vraiment, et ce que tu fais ici. Tu es trop jeune pour travailler dans un laboratoire comme Spiker Biopharm.

— Tu mets toujours autant de temps avant de poser les questions essentielles ?

Une bouffée de chaleur me monte au visage.

— Mieux vaut tard que jamais, non ?

— J'ai été placé sous l'autorité de ta mère. Lorsque mes parents sont morts, il y a six ans, elle a hérité en quelque sorte de moi.

— Tu es en train de me dire que depuis six ans tu vis sous la tutelle de ma mère et qu'elle n'a jamais mentionné ne serait-ce que ton prénom !

— Je me demande bien pourquoi ! lâche-t-il en me regardant dans les yeux d'un air narquois.

Je me sens soudain dans une situation plus qu'inconfortable. Solo sait des choses que j'ignore. Comment se fait-il que ma mère ne m'ait jamais parlé de lui ? Je respire profondément, et tente de me concentrer.

— Qu'est-il arrivé à tes parents ?

Nouveau sourire furtif.

— Tu n'es pas obligé de me répondre !

— Un accident de voiture. Rien de bien original, ni de très mystérieux. J'étais chez ma grand-mère. Eux étaient partis en vacances.

Il marque une pause et en profite pour boire une gorgée d'eau.

— C'était donc plutôt une bonne idée de ne pas m'avoir emmené avec eux. Il y avait des travaux sur la route. Mon père, qui conduisait, a perdu le contrôle de la voiture et ils sont allés s'écraser en contrebas.

La mort de mon père me revient brusquement à l'esprit. Quelqu'un frappe vigoureusement à la porte d'entrée de la maison… Les policiers avec une mine de circonstance… Les cris de ma mère…

J'imagine ce que l'on ressent lorsque l'on perd ses deux parents d'un coup, en l'espace d'un battement de cils.

— Je suis désolée. Ça a dû être terrible.

Je déchire un morceau de serviette en papier et reprends :

— Moi, j'ai perdu mon père quand j'étais petite. Pourquoi n'es-tu pas allé vivre avec ta grand-mère ?

— Elle a quatre-vingt-sept ans et pense que Roosevelt est encore président.

— Mais alors pourquoi ma mère ? Ce n'est pas vraiment une mère poule…

Solo rit. Je ne savais pas qu'il avait un si beau sourire. Pourtant, on ne peut pas dire qu'il soit mon genre. Son sourire, peut-être, ou bien ses yeux. Mais pour le reste… Ses airs narquois et sa coiffure ridicule ! Si je ne me retenais pas, je lui couperais moi-même les cheveux.

— Ta mère et mes parents étaient associés. Tu le savais, n'est-ce pas ?

— Cela signifie que toi aussi, en quelque sorte, tu fais partie de Spiker !

Solo secoue la tête.

— Mes parents ont été dégagés par ta mère.

La nouvelle ne me surprend pas vraiment, et, pour des raisons que j'ignore, je me sens un peu coupable.

— J'imagine que ton père, quand il était encore en vie, a dû essayer de se réconcilier avec mes parents. Mais il n'y est pas parvenu. Jusque-là, ils avaient toujours été de grands amis. Papa et maman sont morts sans avoir pensé à changer leurs dernières volontés, notamment celle de me confier à ta mère au cas où il leur arriverait quelque chose.

— Tu la hais, n'est-ce pas ?

Solo ne réagit pas immédiatement. Il réfléchit quelques instants, pose son menton dans le creux de sa main et reprend avec un rictus de regret :

— Je ne la hais pas, mais je lui en veux.

Je voudrais continuer à l'interroger, mais mon téléphone se met à vibrer et un message s'affiche à l'écran : « J'ai besoin de toi tout de suite. Ça ne va pas du tout. »

J'essaie d'appeler Aislin immédiatement, mais l'appel n'aboutit pas.

Bon sang ! Qu'est-ce qui se passe encore ?

Qu'Aislin soit en difficulté n'est pas vraiment une surprise. Ce qui est inhabituel, c'est qu'elle me demande de l'aide. En général, elle vit ses mésaventures de son côté et me les raconte ensuite.

— C'est Aislin ? demande Solo.

Un autre message arrive : « Où es-tu ? M est au GGP. V l'aider. »

— Son idiot de petit copain a des problèmes. Il est au Golden Gate Park et Aislin va essayer de le tirer de là !

— Quel genre de problèmes ? Crime ou simple infraction ?

Je me frotte les yeux. Avec Maddox, on ne sait jamais.

Je réponds à Aislin : « ATTENDS. Je vais réfléchir à une solution. »

— Je ne sais pas quoi faire, Solo ! Je ne peux pas m'en aller avec cette jambe. Le Dr Anderson m'a bien dit de n'exercer aucune espèce de pression dessus.

— Le Dr Anderson n'est qu'un instrument au service de ta mère, Evening !

Je le dévisage, incrédule, et tente de bouger ma jambe de quelques centimètres. Je ne ressens ni gêne ni douleur.

Solo me fait un petit signe de la tête, une sorte d'approbation discrète. Je croise son regard et lui dis :

— Si j'avais besoin de m'éclipser quelques heures sans que personne le sache, est-ce que je pourrais compter sur toi ?

Un soupçon d'une arrogance que je ne lui connaissais pas transforme les traits de son visage.

— Dis-moi, je t'écoute.

15

Je découvre une facette de Solo que je ne connaissais pas. Où est passé le garçon timide qui s'est présenté dans ma chambre quelques jours plus tôt ? Tandis qu'il pousse tranquillement ma chaise dans les salles de maintenance, les arrière-cuisines inutilisées et les laboratoires obscurs, il me donne l'impression de contrôler parfaitement la situation.

Au fil du trajet, il commente :

— Cette pièce n'a jamais servi, j'y ai désactivé les caméras de surveillance… La caméra de cette cage d'escalier ne fonctionne plus… Je pourrai toujours effacer l'enregistrement de celle-ci de sorte que notre passage reste incognito… Le scientifique qui travaille dans ce bureau est complètement parano, du coup il ne veut pas de caméra… O.K., c'est bon, on peut y aller, l'infrarouge est désactivé…

L'opération « évasion d'Evening Spiker » semble avoir été préparée dans les moindres détails. Le complexe est immense, mais Solo connaît chaque porte, chaque pièce, chaque caméra d'angle.

Nous arrivons devant un escalier qui descend.

— Je vais te porter, puis je remonterai chercher le fauteuil.

— Me porter ?

— Tu veux sortir, oui ou non ?

— Tu n'es pas suffisamment fort pour me porter ! lui dis-je tout en pensant exactement le contraire.

Un nouveau message d'Aislin me parvient : « Maddox est en dengé. »

L'orthographe n'a jamais été le fort de mon amie.

— Penche-toi, me dit Solo.

Il passe alors sa main dans mon dos. Je sens son avant-bras contre l'attache de mon soutien-gorge.

— Je vais soulever ta jambe, prévient-il.

— J'ai peur que tu ne me fasses mal !

— Ne t'inquiète pas.

Je me demande ce qui le rend si sûr de lui. Il met la paume sous mes cuisses et me soulève. Mon visage à quelques centimètres du sien, je sens ses cheveux chatouiller ma joue et mon nez. Je me retiens d'éternuer.

Je me demande, alors, ce que j'ai mangé ce midi et si je n'ai pas oublié, ce matin, de mettre du déodorant…

Je me demande aussi si le parfum qui parvient jusqu'à mes narines est celui de son shampoing ou celui de sa peau. Quoi qu'il en soit, il me plaît beaucoup et son effet sur moi est troublant.

En bas de l'escalier, Solo s'agenouille et m'assied délicatement sur la dernière marche, avant de remonter chercher le fauteuil.

Je n'essaie pas de le suivre des yeux parce que mon regard se porterait directement à la hauteur de ses fesses. Et je suis certaine que son jean lui va à la perfection !

J'insiste pour m'asseoir sur ma chaise sans son aide et, une fois correctement installée, nous reprenons notre chemin jusqu'à un garage souterrain.

Solo pose sa main sur mon épaule :

— À présent, nous devons faire attention, me chuchote-t-il.

Nous patientons quelques instants, dissimulés dans un renfoncement près du local à poubelles.

— Tu as une voiture ? je lui demande.

— J'en ai même une douzaine, me répond-il.

Il désigne un grand box dans lequel sont garées une série de voitures électriques aux couleurs des laboratoires Spiker.

Il vérifie l'heure sur sa montre. Il sait qu'un vigile doit passer faire sa ronde. Nous entendons des bruits de pas qui s'approchent puis s'éloignent.

— Allons-y.

Il pousse mon fauteuil jusqu'à l'une des voitures et je me hisse tant bien que mal sur le siège passager. Il range le fauteuil roulant dans le coffre, puis s'installe au volant, et le véhicule démarre sans un bruit.

— Tu sais conduire ? je l'interroge.

— Est-ce que tu as six dollars sur toi ? me demande-t-il sans tenir compte de ma question.

— Je n'ai pas pris mon porte-monnaie.

— Regarde dans la boîte à gants.

Je fouille sous les cartes routières et découvre deux rouleaux de pièces.

— Parfait ! Nous avons de quoi passer le péage du pont.

Je pointe du doigt le boîtier de péage automatique installé sur le pare-brise.

— Je sais, me dit Solo. Déconnecte-le et range-le dans la boîte à gants. Il ne faut pas qu'on puisse nous suivre. Ça m'ennuierait de devoir pirater le système informatique des autoroutes juste pour effacer les traces de notre passage.

— Par contre, ça ne te dérange pas de pirater Spiker ?

Son regard s'obscurcit. Ma question semble l'avoir mis en colère.

— Ceinture ! ordonne-t-il.

Je boucle ma ceinture et nous traversons le garage dans le ronronnement du moteur électrique.

— Baisse le pare-soleil et penche-toi en avant, ordonne-t-il encore. Il y a des caméras partout.

Devant une barrière automatique, Solo sort une carte magnétique de sa poche. Visiblement, ce n'est pas la sienne. Elle porte le nom d'une employée du labo, Wanda Chang.

— C'est marrant, t'as pas franchement le look asiatique !

Il passe la carte devant le lecteur et la barrière se soulève.

Pour la première fois depuis ce qui me semble une éternité, me voilà dehors !

— Ils n'en sauront jamais rien, tu es sûr ? je m'enquiers en regardant par la vitre arrière avec inquiétude.

Il hausse les épaules :

— Je ne peux pas le certifier. Ils savent que je m'échappe du complexe de temps en temps.

— Que tu t'échappes ?

Je trouve l'expression un peu trop dramatique, même si c'est précisément ce que nous sommes en train de faire.

— Comment tu appelles ça, toi, un singe qui fait tout pour sortir de sa cage ?

— Tu n'es pas un singe, Solo ! Tu es un peu bizarre, d'accord, mais je te confirme que tu es un être humain !

— La plupart du temps, oui, déclare-t-il en souriant.

— Mais rassure-moi : tu peux partir quand tu veux, n'est-ce pas ?

— Bien entendu ! Mais pour aller où ?

Nous sommes à environ vingt minutes du Golden Gate. Celui-ci, comme d'habitude, est baigné dans la brume. J'appelle Aislin pour la prévenir que je suis en route, mais elle ne me répond pas.

En arrivant à l'hôtel de ville, où mon amie est censée se trouver, je lui envoie un message pour la prévenir. Elle apparaît quelques minutes plus tard, l'air bouleversé. Son nez est rouge et son mascara s'est étalé autour de ses yeux. Cela ne l'empêche pas de marquer une pause lorsqu'elle aperçoit Solo au volant de la voiture.

— Désolée, je ne pouvais pas te répondre lorsque tu m'as appelée. J'étais en train de parler à Maddox.

Elle s'installe à l'arrière du véhicule et soupire profondément. Tout porte à croire qu'elle est réellement inquiète.

— Merci d'être venue, me dit-elle en adressant un petit sourire à Solo. Et en plus, tu m'as apporté un joli jouet ! C'est trop gentil !

— Qu'est-ce qui s'est passé ?

— Maddox, encore et toujours ! Il est prisonnier.

— Prisonnier ! Mais où ?

— Dans le parc.

— Et qui le retient prisonnier dans le parc ?

— Des Vietnamiens ! Ils prétendent qu'il leur doit de l'argent.

— Pourquoi n'appelle-t-il pas la police ? demande Solo.

— Ce serait… compliqué, répond Aislin en fouillant dans son sac à la recherche d'un tube de rouge à lèvres.

D'un geste maîtrisé, elle se refait les lèvres sans même se regarder dans un miroir, puis reprend :

— Ça pourrait lui attirer des ennuis.

— Ah ! s'exclame Solo. Tu veux dire qu'il a…

— De l'herbe, oui ! Il faut qu'il la vende pour récupérer l'argent qu'il doit aux Viets !

Solo m'interroge du regard. Je lui adresse un sourire discret en haussant les épaules.

Il redémarre et prend le chemin du parc, où Maddox est censé être retenu prisonnier. Puis il ajoute en riant :

— Finalement, je ne suis pas d'accord avec ta mère lorsqu'elle dit qu'Aislin a une mauvaise influence sur toi. Au contraire, elle met un peu de piment dans ta vie !

16

Les routes sont peu nombreuses dans le parc du Golden Gate. Il est pourtant immense, bien plus grand que Central Park, à New York. C'est un long rectangle de verdure situé entre Haight Street, qui borde le quartier hippie, et l'océan Pacifique.

— De quel côté est-il ? demande Solo tout en engageant la voiture dans un virage, manquant de justesse de renverser une vieille dame sur son vélo.

— Dans un lac, répond Aislin.

— Un lac ? répète Solo. Tu veux dire qu'il est dans l'eau ?

— Non, sur une île.

Je sors mon téléphone.

— Je vais chercher un plan sur Google Maps.

Lorsque la carte apparaît sur mon écran, je laisse échapper un cri de surprise :

— Waouh ! Mais il y a au moins une vingtaine de lacs dans ce parc !

Solo laisse la voiture mordre sur la ligne jaune.

— Lesquels ont des îles ? me demande-t-il.

— Ils en ont presque tous. Et de toutes les tailles.

Aislin sort son portable et envoie un message à Maddox alors que Solo s'engage sur John F. Kennedy Drive, la route qui longe la partie nord du parc. Par chance, la circulation est fluide. Le soleil rasant typique de cette époque de l'année étire les ombres des arbres.

Aislin reçoit la réponse de Maddox :

« Ça veut dire quoi, grand, pour toi ? » lit-elle.

— Demande-lui de combien de temps il aurait besoin pour traverser l'île à pied.

La réponse met quelques minutes à arriver, et nous déduisons de son message qu'il se trouve certainement au milieu du lac Mallard.

Je lance le GPS de mon téléphone.

— Faites demi-tour, ordonne une voix féminine artificielle.

Solo freine.

— Je ne suis pas sûr d'avoir le droit ! objecte-t-il.

— Faites demi-tour maintenant, commande la voix.

Solo s'exécute en effectuant une manœuvre tout en douceur.

— Dans quatre-vingt-dix mètres, tournez à droite.

— Qu'est-ce qu'on fera, une fois là-bas ? je demande à Aislin. Ces gars…

— Maintenant, tournez à droite !

— … c'est pas le genre à se promener avec des armes, n'est-ce pas ?

— Dans deux kilomètres quatre, tournez à droite.

— Des armes ? répète Aislin comme si c'était la première fois qu'elle entendait ce mot. C'est possible, mais…

— Quoi ?

— … à quoi ça va leur servir ? À nous flinguer ?

Elle tente de sourire, mais n'y parvient pas.

Elle se penche sur la radio et l'allume sur une chanson de Rancid à propos d'un tremblement de terre à East Bay. Bien que ce soit l'une de mes préférées, je m'apprête à couper le son, mais Solo, plus vif qu'un serpent, m'en empêche en attrapant mon poignet.

— Laisse ! Avec ce son, on passe plus facilement pour des ados en balade.

Il ouvre les vitres de la voiture. L'air est humide et chargé d'une odeur de pin.

— Maintenant, tournez à droite ! ordonne le GPS.

À cette heure de la journée, les promeneurs sont peu nombreux et le parking, près du lac dont nous approchons, ne compte que trois voitures garées n'importe comment.

— Là, regardez ! s'écrie Aislin. C'est la Ford de la femme du frère du beau-père de Maddox !

La voiture, une Fusion toute cabossée, est entourée de deux autres véhicules : une Miata trafiquée et une Civic équipée d'ailerons et d'un spoiler.

La portière côté conducteur de la Miata est ouverte, mais le véhicule est vide.

Solo ralentit. L'air humide de jungle qui règne ici est pour le moins surprenant lorsque l'on sait que nous sommes en plein cœur de San Francisco.

Solo a coupé le moteur, mais pas la radio.

— Envoie un message à ton amoureux pour lui dire qu'on est là ! suggère-t-il.

Après quelques instants, Aislin reçoit la réponse : Maddox ne peut pas bouger.

Solo monte le volume du poste.

— Demande-lui s'il entend la musique.

La réponse vient rapidement :

— Oui, il l'entend !

— S'il entend la musique, ça veut dire que... Gagné ! Les voilà ! ajoute Solo avec satisfaction. Vos ceintures sont attachées ?

— Pourquoi ?

Deux Asiatiques, une cigarette à la bouche, sortent alors des buissons. Le plus costaud porte une veste en cuir verte ; le plus petit est vêtu d'un tee-shirt noir. Le moins que l'on puisse dire, c'est qu'ils n'inspirent pas la sympathie.

Solo enfonce son pied sur l'accélérateur, et la voiture, notre voiture, fonce sur la Miata et emporte la portière conducteur restée ouverte.

L'impact bloque ma ceinture de sécurité, mais l'airbag ne se déclenche pas.

— Hé ! je crie.

Les deux types sont restés cloués sur place, la bouche ouverte. L'un d'eux en laisse même tomber sa cigarette.

— Oh, désolé ! s'exclame Solo avec une mine de circonstance.

— Vous êtes complètement cinglé ? hurle l'homme à la veste en cuir verte.

— Désolé, les gars. Vraiment désolé ! s'excuse Solo en sortant son téléphone. Tout est de ma faute. Vous inquiétez pas, j'appelle les flics et je vais tout leur expliquer.

— Pas les flics ! ordonne le type à la veste, en soulignant ses mots d'un mouvement de doigt très explicite.

— Pourquoi, mec ? On a besoin d'eux, là, ajoute Solo, prenant l'air d'un parfait innocent, intellectuellement limité.

Je ne l'ai jamais vu s'adresser à quelqu'un de cette manière et je suis presque certaine qu'il ne le refera pas de sitôt.

C'est alors que le type sort un flingue de sa veste.

C'est la première fois de ma vie que je vois un pistolet en vrai. On dirait un jouet, mais une partie de mon cerveau me crie que ce n'en est pas un et que le gars va vraiment s'en servir. Je n'ai pas envie de mourir ! Pas maintenant ! Pas comme ça ! Pourtant, mon visage ne laisse rien paraître de la panique qui me gagne.

— Sortez de là ! hurle notre agresseur.

À cet instant précis, je prends conscience de l'immense avantage qu'un moteur électrique offre sur ses bruyants concurrents. Il est silencieux… Infiniment silencieux lorsque l'on appuie sur l'accélérateur ! Et c'est justement ce que vient de faire Solo, projetant notre auto furieusement en arrière.

Le mouvement est si brusque que j'ai l'impression qu'on a encore percuté quelque chose. L'espace d'une seconde, mon cerveau se demande si on ne m'a pas tiré dessus. Mais non, c'est impossible : je n'ai pas entendu de détonation.

Le côté gauche du pare-chocs avant frappe violemment le type à la veste en cuir. Propulsé au sol, celui-ci se retrouve couché dans l'herbe, une jambe sous la voiture. Il tente de s'asseoir pour récupérer son arme, mais Solo ouvre sa portière, qui le frappe au visage. Le type est de nouveau jeté au sol ; cette fois, il n'est pas près de se relever.

Puis tout se passe très vite : flashs de lumière, succession de mouvements saccadés, des secousses, des bruits, des cris, des craquements…

Deux types courent vers nous en criant. Le gars en tee-shirt leur hurle quelque chose, mais il semble complètement perdu. Découvrant leur collègue inconscient, les nouveaux nous regardent et hésitent. Je me dis alors que s'ils avaient été armés il y a longtemps qu'ils auraient dégainé.

D'une voix incroyablement calme, Solo dit à Aislin :

— Préviens ton copain qu'il peut sortir. Tout est clair, maintenant !

Je me retourne pour m'assurer qu'elle va bien. Ses doigts tremblent tandis qu'elle rédige un message sur son téléphone.

Solo effectue une marche arrière jusqu'à ce que la roue avant gauche rencontre la jambe du voyou au blouson de cuir.

Solo s'adresse alors aux autres :

— Maintenant, notre pote va monter à bord de la voiture. Si vous essayez de l'en empêcher, je broie la jambe de votre collègue. Compris ?

Maddox apparaît alors, trempé jusqu'aux os et crotté de la tête aux pieds, comme s'il s'était roulé dans la boue. Il est plutôt beau gosse et bien bâti, mais, terrifié comme il l'est, il a plutôt l'air pathétique.

— Monte ! hurle Aislin.

Solo attend qu'il ait bouclé sa ceinture pour lancer aux autres :

— Retirez votre pote de sous ma voiture et appelez une ambulance.

Puis, en un éclair, notre voiture électrique est en route.

— C'est tellement plus facile lorsqu'il n'y a pas à se préoccuper des caméras de surveillance, déclare Solo.

Aislin laisse son copain l'étreindre un instant puis le repousse violemment.

— Eh !

— Abruti, crie-t-elle.

Mais je ne m'intéresse pas à la scène tant je suis fascinée par la sérénité de Solo, qui se fond dans la circulation pour s'engager dans le district de Sunset.

— Comment as-tu fait pour…

Les mots me manquent pour achever ma phrase.

Il émet une sorte de rire proche de l'aboiement.

— Les rats qui parcourent quotidiennement des labyrinthes développent naturellement des comportements spécifiques. Et je suis le chef des rats !

Ce n'est pas une blague. Il veut peut-être le faire croire, mais je sais qu'il cache quelque chose sous la surface de ses mots.

— Il faut que je ramène la voiture au labo, indique Solo sans transition. Sinon nous risquons d'attirer l'attention.

Je me tourne vers Aislin :

— Tu viens avec moi ?

— Certainement pas ! m'interrompt Maddox. Elle reste avec moi.

En général, il est vraiment séduisant. Mais la trouille, la boue et la décharge d'adrénaline qu'il a reçue lui ont fait perdre tout son charme.

Je suis moi-même sous le choc. Je n'ai pas vraiment eu le temps d'avoir peur, car tout s'est déroulé en une ou deux minutes. À présent, pourtant, je suis tétanisée par la frayeur.

— Va au diable, Maddox, je hurle. À cause de toi, on a failli tous y passer.

— Faux ! proteste-t-il faiblement. Ils m'auraient juste buté !

— Bah voyons ! Parce que tu crois que ce genre de situation ne dérape jamais ?

Je poursuis en laissant exploser ma colère.

— Solo t'a sauvé la mise, Maddox. Tu n'es qu'un looser. Cesse d'entraîner Aislin dans tes plans foireux et sors de sa vie une bonne fois pour toutes !

Aislin regarde la route défiler derrière la vitre, apparemment indifférente.

— Je ne peux pas les ramener tous les deux chez Spiker, intervient Solo. Je suis le chef des rats, certes, mais mes pouvoirs sont quand même limités.

— Aislin nous accompagne, dis-je.

Solo secoue la tête légèrement.

— Il faudra d'abord la déposer. Une fois que nous serons à l'intérieur du complexe, nous pourrons la faire rentrer.

Je propose alors à Aislin :

— On va te laisser chez toi. Ensuite, tu prendras un taxi qui te conduira chez Spiker. Tu pourras rester un moment avec moi, au moins jusqu'au retour de tes parents.

Les parents d'Aislin passent leur temps à voyager. Ils sont bronzés toute l'année.

— Tu sais que j'ai encore quelques jours d'école, moi, et…

— Personne ne t'empêchera d'y aller !

— Ma chérie ! me dit-elle tout en posant sa main sur mon bras.

Son regard s'est soudain attendri, comme si sa situation lui inspirait de la pitié, comme si elle était maudite. Elle n'a prononcé que deux mots, « ma chérie », mais elle semble me dire : *Je suis une mauvaise graine. Je n'ai pas de chance dans la vie, c'est mon destin et tu ne peux rien pour moi.*

Je me retourne vers Solo, en colère, et lui demande de les déposer tous les deux chez les parents d'Aislin.

Qu'est-ce qui peut bien pousser un individu à s'autodétruire ? Sa vie de famille ? Parfois. Mais celle d'Aislin n'a vraiment rien d'extraordinaire. Ses parents se disputent, comme bon nombre de parents. Ils ne sont pas riches, mais ont suffisamment d'argent pour qu'Aislin suive une scolarité dans notre école privée prétentieuse. Suffisamment pour garder un teint hâlé toute l'année.

Sa mère est une femme faible, écervelée et inconséquente. L'exact opposé de la mienne. Mais ça ne peut expliquer qu'Aislin soit à ce point perturbée. Je le saurais. Nous n'avons pas de secrets. Son père, quant à lui, est comme sa fille : amusant, séducteur et un brin aventurier. Il aime Aislin et elle le sait.

Ce sont des parents discrets ; pas toujours prévenants, pas vraiment parfaits.

Où se trouve donc la raison à tout ça ?

Est-ce seulement une question d'ADN ? Ne peut-on pas être plus malin que cette structure hélicoïdale contenant le code qui nous tient sous contrôle ? Y a-t-il un chromosome, enfoui quelque part dans les cellules de mon amie, qui la conduit vers une vie malheureuse avec des loosers comme Maddox ?

« D'un autre côté, Aislin, elle, au moins, a un petit ami… » me chuchote ma conscience.

Pendant que je m'interroge sur ces questions existentielles, Solo, lui, conduit, à la recherche du domicile d'Aislin.

Aislin, elle, a un petit copain… Mais quel petit copain !

Ne dit-on pas qu'il est préférable d'être seule que mal accompagnée ?

Comment peux-tu le savoir ?

Allez, il n'y a pas péril en la demeure ! Ma date de péremption n'est pas près d'expirer. Je peux bien attendre encore un peu avant de rencontrer la bonne personne.

Tu veux dire la personne idéale ? L'individu sans défaut ? Mais il n'existe pas.

Nous déposons Maddox et Aislin. J'attire mon amie vers ma fenêtre, et, dans un chuchotement que Maddox fait mine d'ignorer, je lui demande de venir me rejoindre chez Spiker et de rester avec moi. Je l'implore, même, tout en sachant que c'est peine perdue.

Alors que mon amie ouvre la porte de sa maison, elle se tourne vers moi avec un air triste, avant de disparaître.

Je pose le pied sur le tableau de bord.

— Elle me rend folle, cette fille !

— Ta jambe, elle, n'a pas l'air de te déranger ! remarque Solo.

C'est vrai, j'ai presque oublié qu'elle a été broyée.

— C'est juste que j'ai d'autres chats à fouetter, je réplique pourtant.

Il soutient mon regard comme s'il attendait quelque chose et, pendant un instant, j'ai même l'impression qu'il va m'embrasser.

— N'y pense même pas ! lui dis-je sans réfléchir. Je ne suis pas encore tombée sous ton charme.

Ses yeux s'illuminent.

— Pourquoi dis-tu cela ? Tu pensais que j'allais tenter quelque chose avec toi ?

— Pas du tout ! je lui réponds, un peu gênée.

— Ne projette pas tes sentiments sur moi !

Sonnée par sa repartie, je ne trouve rien à répondre. Je suis certaine que, dans les heures qui viennent, je serai en mesure de trouver l'attitude qui convient. Mais ce sera trop tard…

Solo poursuit en redémarrant la voiture :

— Je me disais juste que tu étais peut-être en train de te faire des plans ! Bon, c'est certain, si tu insistes pour te jeter sur moi, j'imagine que je pourrais jouer le jeu !

— Qui te parle de me jeter sur toi ?

— Personne, mais ce serait logique. Après tout, tu es la fille de la patronne, c'est donc à toi de faire le premier pas.

— Alors tu peux être rassuré, je lui rétorque.

J'allume la radio et je monte le volume.

17

Je reviens sur les événements qui ont marqué ces dernières heures, et le moins que l'on puisse dire, c'est que je ne me sens pas rassurée. Plutôt désorientée et épuisée par tant d'agitation.

Solo me pousse jusqu'à la clinique où, visiblement, mon absence a semé comme un vent de panique. Par chance, ma mère était au spa toute la journée. Elle est toujours injoignable lorsqu'elle est en cure détox.

— J'étais juste sortie prendre l'air dans un parc, j'explique au Dr Anderson.

— Vous devriez être dans votre lit, me sermonne-t-il. Vous n'êtes pas encore en état de jouer les touristes.

« Encore moins de courir après des gangsters », j'ajoute en silence.

Une fois l'équipe médicale rassurée sur mon état, Solo m'emmène devant la station de travail du projet

88715. Je me sens de plus en plus à l'aise avec ce logiciel, comme s'il s'agissait de mon propre projet.

Je m'éclaircis la voix.

— Merci, dis-je à Solo. Merci d'avoir aidé Aislin.

— Pas de souci ! me répond-il, les mains enfoncées dans ses poches. Tu as faim ? Je peux faire un saut à la cafétéria et te rapporter quelque chose.

— Non, ça va, merci.

— Tu crois qu'Aislin va venir ?

— Je ne pense pas, non. Je ne fais pas le poids face à Maddox.

Solo se met à rire en regardant la pointe de ses pieds.

— C'est sûr ! renchérit-il.

La tension qui était montée dans la voiture entre nous, tout à l'heure, s'est dissipée. On pourrait même croire qu'il ne s'est rien passé.

Je saisis mon mot de passe sur l'ordinateur, entre quelques fonctions, et tout à coup apparaît devant nous une paire d'yeux géants, parfaite reproduction des yeux de Solo.

— Adam m'attend !

— Adam ? m'interroge Solo.

— C'est comme ça qu'Aislin l'appelle. Ça aurait pu être Steve ou n'importe quel autre prénom, et ça peut encore changer.

Solo actionne le frein de mon fauteuil.

— Allez, je te laisse travailler. Bonne nuit.

— Bonne nuit à toi aussi. Et merci encore.

Je me sens tout à coup très seule. Les machines émettent un bruit de fond sourd, mais l'endroit reste désespérément calme. Les yeux scintillent délicatement sur l'écran géant, irradiant une douce lumière bleutée à la surface de mon bureau. Il est temps que je me mette à travailler sur les autres éléments du visage d'Adam.

Je consulte mon écran et passe en revue les options disponibles. Le logiciel m'offre tout de même une certaine liberté. Après quelques instants d'hésitation, je décide de m'attaquer aux mains.

Je ne sais pas précisément ce qui motive ma décision. C'est probablement qu'il s'agit là d'éléments déterminants pour un *Homo sapiens*. Contrairement au visage, les mains permettent de *faire*. De créer.

Je commence vraiment à maîtriser le logiciel. Au moment où un message m'avertit de la nécessité d'un approvisionnement sanguin, je connecte les mains virtuelles au système mis en place pour les yeux. Le programme change alors l'affichage de l'écran, et les mains prennent immédiatement une troublante apparence réelle.

Des mains connectées à des tubes dans lesquels circule du sang. Des mains flottant dans l'air, à quelques centimètres d'yeux posés au milieu de nulle part.

Mon *Homo sapiens* a des mains. De belles mains. Et aussi une paire d'yeux. De beaux yeux.

Ce qui lui manque, maintenant, c'est un visage, des jambes, des bras, des épaules, une poitrine, des fesses et un cerveau.

Pourquoi la pensée de lui créer un visage me rend-elle si réticente ? J'en arrive à la conclusion qu'un visage est plus difficile à imaginer. Mais je me dis aussi que, dès l'instant où je l'aurais conçu, mon personnage aura les traits uniques d'un individu. Qu'il s'agira d'un personnage spécifique et singulier.

Adam ne sera vraiment Adam qu'à partir du moment où il aura un visage. Et ce visage m'attend puisque c'est moi qui suis chargée de le dessiner, d'en concevoir toutes les facettes.

Je me mordille la lèvre tout en réfléchissant. C'est le moment ! Je suis prête.

Le front… Je ne le veux pas étroit, je n'aime pas les petits fronts. Mais je ne le veux pas non plus trop haut, juste dans la moyenne.

Lorsqu'il est question de front, il est aussi question de chevelure. Blond ? Brun ? Roux ?

Rupert Grint a les cheveux roux. Et il est très mignon.

Mais suis-je obligée de créer un personnage mignon ?

Pas du tout. Pas aussi mignon que Rupert, en tout cas. Un tout petit peu moins.

Daniel Craig… Il a les cheveux blonds, Daniel. Il est certainement sympa dans la vie, mais les personnages qu'il incarne au cinéma ne le sont pas franchement. Un blond, ça peut être cruel.

— C'est stupide !

— Qu'est-ce qui est stupide ?

Je sursaute car je ne reconnais pas cette voix. Je fais pivoter mon fauteuil et me retrouve face à un étrange personnage tatoué de la tête aux pieds – seul son visage paraît avoir échappé aux aiguilles du tatoueur.

— Alors ? Tu peux me dire ce qui est stupide ? me demande-t-il sèchement.

— Qui êtes-vous ?

— Je suis le docteur Holyfield. C'est moi qui suis chargé du projet 88715.

— Oh !

— Alors ? Dis-moi ce qui est stupide selon toi ! répète-t-il en fronçant les sourcils.

Je sais que c'est ce qu'il voudrait que je ressente, mais je ne suis pas du genre facilement impressionnable. Encore moins dans un bâtiment qui porte le nom de ma famille.

— Les cheveux ! J'étais en train de me poser la question de la couleur des cheveux.

L'homme me dévisage comme s'il existait une autre explication que je me refusais de lui livrer. Il n'a pas l'air d'apprécier que je soutienne son regard.

— La couleur des cheveux n'est pas une question pertinente, finit-il par me dire. Ce paramètre revêt un caractère uniquement esthétique. Et ce n'est évidemment pas pour cette raison que tu as été engagée dans cette simulation. Ta mère ne t'a pas confié cette mission pour connaître tes goûts personnels en matière de couleur de cheveux.

— Et pourquoi m'a-t-elle engagée, selon vous ?

— J'imagine qu'elle veut te tenir occupée.

Il hausse les épaules lorsque je fais mine d'être offensée par ses propos.

— Et je suppose que ça l'intéresse de voir comment une personne ordinaire peut se sortir d'une situation comme celle-là.

Il reporte son attention sur l'écran géant.

— Pourquoi as-tu commencé par les mains et les yeux ?

À vrai dire, je ne me suis pas posé la question. Mais ce type m'ennuie profondément. Mis à part ses tatouages, il est comme la plupart des scientifiques de Spiker Biopharm : arrogant et fasciné par son propre QI.

Je lui réponds :

— Parce que les dieux veulent être regardés et qu'ils veulent être servis.

— Les dieux ?

Je prends une pause nonchalante, faisant mine de contrôler parfaitement la situation.

— Si je crée un être humain, je suis une sorte de divinité, non ?

— Ce n'est qu'une simulation ! observe-t-il d'un air suspicieux.

— Alors, disons que je suis une simulation de Dieu.

Notre conversation prend une tournure à laquelle je ne m'attendais pas.

— S'il y a un dieu dans le circuit, ce serait plutôt le gars qui a créé le logiciel SSRA-3 et qui l'a combiné au CGM.

— Je vous demande pardon ?

— Le système de sélection rapide d'ADN et bien entendu le contrôle…

Il s'interrompt net dans son explication, les yeux étincelants, et se frappe le thorax d'un poing vigoureux.

— Moi ! C'est moi qui ai conçu le SSRA.

— Mais alors, vous êtes Dieu !

Il renifle et poursuit :

— Ne te prends pas pour ce que tu n'es pas. J'ai conçu ce système et, toi, tu te contentes de l'utiliser.

— Comme un artiste se sert de peinture, c'est ça ? Je parie que le gars qui a vendu les toiles de Léonard de Vinci pensait que c'était lui, l'artiste.

Son regard s'obscurcit.

— Tu as beaucoup de chance, gamine. Riche et à l'abri de tout. Dans la vie, tout t'arrive sur un plateau doré. Vraiment, ça doit être sympa.

Il fait alors volte-face et s'éloigne sans rien ajouter.

Mais qu'est-ce donc que ce CGM ? Il était sur le point de me le dire.

Je procède alors à une recherche sur Google en associant « CGM » et « contrôle ». J'obtiens des centaines de résultats, mais aucun ne correspond à ce que je recherche.

— Cheveux noirs ! me dis-je à voix haute.

Il aura les cheveux noirs. Je touche l'écran et déplace des éléments. Mais le programme m'informe que j'ai commis une erreur. Nous avons besoin d'un cuir chevelu et d'une tête entièrement composée avant de faire pousser des cheveux.

Je n'ai aucune idée sur la forme de ce crâne. Je ne pense pas avoir passé plus de trois secondes dans ma vie à penser à la forme d'un crâne. Je me connecte de nouveau sur Google pour y glaner des informations.

— Attends une seconde ! je murmure. Est-ce que ma mère fait en sorte de m'entraîner dans l'univers de la génétique ? Est-ce là son objectif ? Ce serait de sa part une attention bien maternelle, pas suffisamment sournoise.

Mais peu importe ! L'expérience m'excite de plus en plus. Et c'est un excellent moyen de ne plus penser à Aislin, à Solo ou encore à ma jambe.

Je ne décroche pas mon nez du moniteur pendant les trois heures qui suivent. Et quand je lève enfin les yeux vers l'écran géant, je me trouve face au visage d'Adam, qui me regarde.

C'est un beau garçon, cet Adam ! Son nez est parfait. Ses pommettes pourraient être celles d'un mannequin. Sa chevelure noire est luxuriante et brillante. Seule la bouche pourrait être améliorée. J'ai le sentiment que les lèvres sont vraiment trop parfaites. Il y a quelque chose d'agaçant dans une bouche au dessin parfait.

Mais le regard d'Adam est vide, comme dénué d'intelligence, de pensée ou de conscience.

Soudain, je me souviens de la réponse que j'ai donnée au Dr Holyfield. C'est bien cela : j'ai envie que ma création me regarde. Mais pour cela, il faut que je la dote d'un cerveau.

18

Solo

La sonnerie de mon téléphone retentit à 2 heures 14 du matin précisément.

Je sors de mon lit et me lève tel un automate. Je réalise que le mobile continue de résonner et scrute la pièce en essayant de me rappeler où j'ai bien pu le poser. Pourquoi sonne-t-il à cette heure-ci de la nuit ? Au prix d'un effort de concentration considérable, je finis par mettre la main dessus et le porte à mon oreille, l'esprit embrumé. Me lever à 2 heures du matin ne m'a jamais réussi.

— Solo !

J'écarquille les yeux. C'est la voix de Terreur. À 2 heures 14 du matin ! Je prends soudain conscience que je suis complètement nu et qu'il y a certainement une caméra de surveillance en train de filmer la scène.

Ça ne m'a jamais posé de problème de déambuler nu dans ma chambre. D'abord parce que quatre-vingt-dix-neuf pour cent des enregistrements stockés dans les serveurs ne sont jamais visionnés. Ensuite parce que, lorsque l'une de ces vidéos est regardée, c'est toujours par un gars de la sécurité.

Quoi qu'il en soit, je n'ai pas grand-chose à cacher. Si ce n'est au diable en personne, au mal incarné, qui m'appelle en plein milieu de la nuit.

— Ouais ? je réponds, trop fatigué pour chercher une formule plus adaptée.

— J'ai besoin de toi. Rends-toi à l'ascenseur sud, quatrième étage.

— Quand ?

— Maintenant. J'ai déjà appelé deux autres employés, mais aucun d'eux ne m'a répondu. Ils ne font déjà plus partie de l'entreprise. Ça te dit de suivre le même chemin ?

J'hésite quelques secondes, le temps de remettre mes processeurs en bon état de marche.

— J'arrive !

Mais qu'est-ce qui lui prend, à cette folle ? Je suis tout à fait réveillé à présent et m'empresse d'enfiler un jean. Où ai-je bien pu fourrer mon tee-shirt ? En voilà un qui fera l'affaire... Reste à trouver une paire de chaussures.

Je sors dans le couloir les cheveux en bataille, les paupières encore collées, sans chaussettes dans mes chaussures, sans ceinture ni sous-vêtement. Mais je suis bientôt dans l'ascenseur.

Les dimensions de la réception n'ont rien à envier à celles d'une cathédrale. Une sculpture hélicoïdale colorée, montée sur deux axes, semble flotter au milieu de l'atrium haut de quatre étages.

Les lumières sont éteintes, seuls des spots qui diffusent une lumière douce éclairent le bureau d'accueil, derrière lequel se tient un agent de la sécurité qui sursaute en me voyant arriver. Il est sur le point de me demander ce que je fais ici à une heure pareille, lorsque le staccato des talons de Terra se fait entendre.

Le gardien ajuste alors en vitesse le nœud de sa cravate, jette un rapide coup d'œil dans ma direction et se lève en un éclair.

En la voyant arriver, je me demande comment elle peut être aussi fraîche à une heure pareille. Eve m'a dit qu'elle avait passé sa journée au spa, mais tout de même : à 2 heures du matin, elle semble tout droit sortie d'un magazine de mode pour quadragénaires.

Elle m'adresse un regard plein de reproches et je m'attends au pire.

— Cette saloperie de gamine ! s'insurge-t-elle. Elle est là !

Parle-t-elle de sa fille ? L'expression est aussi rude que vulgaire, même pour un monstre comme Terra.

— J'étais en plein travail, poursuit-elle.

À 2 heures du matin ?

— Et maintenant, comme tu peux le constater, je ne suis plus en état de travailler !

Un carillon se fait entendre et l'ascenseur s'ouvre sur un type de la sécurité, facile à reconnaître avec son costume de *Men in Black* et son oreillette. On distingue le renflement de son arme sous la veste.

Il tient fermement le bras d'Aislin, à qui j'esquisse un sourire. Son œil droit est rouge et gonflé, ainsi que la base de son cou. Il y a des traces de sang sur sa chevelure.

— Quelle surprise ! Aislin ! lance alors Terra, glaciale.

Cette fois, Aislin est à court de mots. Elle pleure. Elle regarde Terra en grimaçant et glisse son regard vers moi, laissant voir une vulnérabilité inhabituelle chez elle.

— Tu t'es encore mise dans un sacré pétrin, reprend Terra. Et tu te demandes encore pourquoi je tiens à ce que ma fille t'évite ? Regarde-toi, ma pauvre chérie !

— Laissez-la tranquille !

Les mots sont sortis tout seuls de ma bouche. On dirait que les deux agents de sécurité viennent d'être terrassés par un infarctus. Le regard incrédule de Terra se porte sur moi et je perçois une sorte d'excitation amusée dans les yeux d'Aislin, peut-être même un semblant de gratitude.

Mais Terra interrompt brutalement le silence tendu qui s'est installé :

— Aislin va passer la nuit ici, Solo ! Trouve-lui une chambre. Inutile de réveiller Evening, elle doit encore se reposer et n'a vraiment pas besoin de… ça !

Ses dernières paroles sont chargées de venin.

— Vingt-quatre heures ! précise-t-elle à Aislin, l'index dressé. Je te donne vingt-quatre heures ! Et c'est bien parce que je n'ai pas envie que ma fille me déteste.

Alors qu'elle s'éloigne déjà d'un pas ferme, elle se retourne vers moi :

— Préviens le Dr Anderson, Solo. Cette fille est dans un état pitoyable.

Puis elle disparaît.

— Salut, Solo ! chuchote Aislin.

— Allons voir Eve, je lui dis.

— Non, non, non, tu as entendu sa mère !

— Ouais, je l'ai entendue ! Qu'elle aille au diable. Qu'est-ce qui t'a mise dans cet état ?

Elle s'appuie sur mon bras. Elle sent l'alcool et la cigarette.

— T'es un bon gars. J'espère qu'Eve s'en rend compte.

Je fais mine d'ignorer son commentaire. Mais, en réalité, c'est comme si j'avais reçu une flèche en pleine poitrine et j'ai du mal à respirer. Cette émotion m'est curieusement inconnue. Pourtant, j'ai la sensation qu'elle a toujours été en moi, endormie, et que le commentaire innocent d'Aislin l'a soudain réveillée.

J'accompagne Aislin dans les couloirs, obligé de la soutenir tant elle titube. Je ne pense pas que ce soit sous l'effet de l'alcool.

— Tu as prévenu la police ?

— C'est une longue histoire.

— Ça me semble pourtant la seule chose à faire.

Nous passons devant le bureau de l'infirmière de garde.

— Nous allons voir Evening.

La femme se lève et dévisage Aislin.

— Cette fille a besoin de soins.

— Envoyez un message au Dr Anderson pour le prévenir, s'il vous plaît.

— Tout va bien, proteste mollement Aislin.

La chambre d'Eve est entrouverte. Je frappe doucement à la porte.

— C'est Solo. Je suis avec Aislin.

— Quoi ?

— Salut, E.V. C'est moi, Aislin.

— Mais… que se passe-t-il ? Allez-y, entrez !

Eve est à peu près dans le même état que moi vingt minutes plus tôt. Elle peut à peine ouvrir un œil. Un petit filet de salive aux commissures de ses lèvres produit chez moi une émotion pour le moins déconcertante.

Elle s'assied sur son lit, découvrant un tee-shirt trop petit pour elle. Ses cheveux sont en désordre, et ses yeux, tout collés. C'est à peine si elle remarque ma présence.

Aislin se blottit dans ses bras et elles demeurent ainsi, serrées l'une contre l'autre, un long moment.

Resté sur le seuil de la pièce, je décide de m'éclipser sur la pointe des pieds quand Eve lève les yeux sur moi et me demande d'entrer.

J'avance alors à pas feutrés et m'aperçois que c'est la première fois que j'entre ainsi dans la chambre d'une fille. Tout y est si différent, jusqu'aux parfums qui s'en dégagent. Et que cela sent bon !

Mais l'infirmière apparaît à la porte.

— Aislin ! murmure Eve tout en la secouant délicatement.

— Le Dr Anderson va arriver, dit l'infirmière. Et vous, vous n'êtes pas en état de recevoir des visites. Surtout pas au milieu de la nuit.

— S'il vous plaît, laissez-nous ! lui répond-elle sèchement.

— Alors deux minutes. Pas plus !

Eve acquiesce et l'infirmière disparaît.

Il y a quelque chose de Terra dans sa fille. Je ne m'en étais jamais aperçu, mais c'est indéniable. Lorsque Eve veut quelque chose, elle le fait savoir avec la même voix ferme et déterminée.

Elle interroge Aislin :

— Alors, raconte…

Aislin évite les yeux de son amie, et c'est moi qui lui réponds :

— Ta mère m'a réveillé en plein milieu de la nuit. Elle a exigé que je la retrouve devant l'ascenseur de l'accueil. Et Aislin est arrivée. Je suis censé lui trouver une chambre.

Eve a dû comprendre de travers.

— Ma mère t'a demandé de l'amener ici, dans ma chambre ? me demande-t-elle.

— Non, précisément pas.

Les traits de son visage semblent tout à coup se détendre.

— Mais je ne fais pas toujours exactement ce que l'on me dit de faire, lui dis-je avec un sourire.

— Merci, Solo.

Je passe la main dans mes cheveux avant de poursuivre :

— Je devrais peut-être y aller, maintenant !

— Reste ! s'exclame Eve, me rappelant une nouvelle fois sa mère.

Elle grimace, baisse le regard et sourit subtilement.

— Je veux dire… reste, s'il te plaît. Si ça ne te dérange pas.

— Bien sûr ! Pas de problème.

Je m'assieds dans le fauteuil, à côté du lit. J'avoue que j'espérais cette proposition.

— Raconte-moi ce qui s'est passé, Aislin, reprend-elle avec douceur.

Celle-ci prend une profonde inspiration avant de se lancer :

— Ils sont venus chez Maddox. Ils l'ont frappé. Ils étaient comme fous. Ils l'ont menacé. Ils ont cassé une fenêtre et un voisin a dû appeler la police. Et puis j'ai essayé de… alors l'un d'entre eux m'a…

Aislin tente de nous expliquer ce qui s'est passé en mimant la bagarre comme si elle revivait la scène.

— Alors le gars m'a tapée et je suis tombée. Il m'a donné un coup de pied dans…

Son regard passe alors de la peur à la panique.

— Maddox ! Ils ont attrapé Maddox et ils l'ont attaché. J'ai essayé de l'aider. J'ai sorti mon téléphone et, là, j'ai pris un autre coup. Un des gars pointait son revolver sur Maddox. Et puis j'ai entendu les sirènes. Je me suis relevée et je me suis mise à courir. Je suis sortie et j'ai dévalé l'escalier. Je savais que la police était là, juste en bas, et que c'était le seul moyen pour que Maddox s'en sorte.

Au moment où Eve pose les yeux sur moi, quelqu'un frappe à la porte. C'est le Dr Anderson, vêtu d'un pyjama en soie rouge, accompagné de l'infirmière, qui pousse un chariot contenant des bandages et des pansements.

— Eh bien ! s'exclame-t-il en menant délicatement Aislin sous la lumière.

La coupure au nez semble profonde. Il enfile une paire de gants en caoutchouc et tente de rapprocher les chairs.

— Il va falloir poser quelques points, jolie demoiselle. Avant cela, on va faire une radio pour s'assurer qu'il n'y a rien de cassé.

Aislin acquiesce sans la moindre plainte. On dirait qu'elle s'est échappée très loin de cette chambre. Le médecin et l'infirmière l'aident à se relever et la conduisent vers la salle de radiographie.

— Ça ne prendra que quelques minutes, nous informe l'infirmière.

— Quant à vous, mademoiselle Spiker, je vous conseille de vous reposer, ajoute le docteur. Vous avez eu une journée suffisamment chargée.

Eve me regarde en réprimant un sourire. Aislin, accompagnée du médecin et de l'infirmière, quitte la scène, nous laissant seuls.

— Je vais peut-être y aller, maintenant ? J'imagine que tu n'as plus besoin de moi.

— Tout ira bien si je sais que tu es dans les parages, me répond-elle d'un ton désinvolte. En réalité, j'ai besoin de parler un peu. Tout est si confus !

— D'accord, je peux rester un moment.

Nous nous asseyons en silence. Sur le cadre du miroir sont collées des cartes de vœux souhaitant à

Eve un prompt rétablissement. Plusieurs bouquets de fleurs ornent la chambre et des accessoires féminins sont disséminés çà et là : un kit de maquillage, un flacon de parfum, ainsi qu'un objet beige indéfinissable à l'aspect soyeux.

Après quelques instants, Aislin réapparaît, toujours accompagnée du médecin et de l'infirmière.

— Rien de cassé, déclare celui-ci dans un bâillement à lui décrocher la mâchoire. Infirmière, vous pouvez terminer le travail.

Aislin s'installe dans un fauteuil en cuir tandis que la jeune femme prépare les pansements.

— Écoute-moi, Aislin ! commence alors Eve sur un ton solennel qui ne lui va pas. C'est le moment de mettre les choses au point. Ça ne peut pas continuer. Tu le sais parfaitement. Ou cette histoire finira mal.

— T'inquiète pas ! proteste Aislin sans conviction.

— Je sais que tu t'inquiètes pour Maddox, insiste Eve. Mais ça ne peut pas continuer.

Aislin pleure et ses larmes n'ont pas grand-chose à voir avec la douleur due à ses blessures.

— Je vais vous faire une petite anesthésie, prévient l'infirmière.

Une fois son travail accompli, elle prend congé. Le nez d'Aislin ressemble un peu à la jambe d'Eve : un capharnaüm de bandages.

— Bon sang ! Combien de temps vais-je garder cette patate sur le nez ? demande la blessée en se regardant dans le miroir.

— Si j'en juge par la vitesse à laquelle mon propre visage a guéri, remarque Eve, ça ne devrait pas être long.

J'interviens sans réfléchir :

— Ça prendra un peu plus de temps pour Aislin !

Trop tard pour faire marche arrière...

— Et pourquoi est-ce que ça serait plus long pour Aislin ? m'interroge Eve.

Je garde le silence. Les coudes posés sur mes genoux, j'enfouis ma tête entre mes mains.

— Solo ? me presse Eve. Pourquoi tu ne me réponds pas ?

Je lève la tête dans sa direction mais détourne mon regard sur la porte de la salle de bains.

— Par ici ! dis-je d'une voix quasi imperceptible.

À mon grand étonnement, les deux filles ont tout de suite compris mon intention.

— Est-ce que tu peux approcher mon fauteuil roulant ? me demande Eve.

— Essaie de te lever, plutôt, je lui réponds.

Elle a l'air sceptique :

— Tu te fiches de moi ?

— O.K., laisse tomber ! Je vais jouer le rôle de la béquille.

Je la prends dans mes bras, la soulève et la transporte jusqu'à la salle de bains, où Aislin nous rejoint en titubant.

Une fois la porte fermée, nous sommes un peu serrés, mais cela pourrait être pire. Je fouille dans l'armoire à médicaments puis dans les tiroirs, et en sors une paire de ciseaux.

— Qu'est-ce que tu fabriques ? s'inquiète Eve.

Je m'agenouille devant elle.

— Tu vois un inconvénient à ce qu'on regarde ta jambe ?

Son visage s'assombrit, mais elle descend son pantalon de pyjama et le laisse tomber sur ses pieds.

— T'as pas plus sexy, comme culotte ? demande Aislin.

— Elle est confortable, réplique Eve, peu sensible à l'humour de son amie.

Pour ma part, je suis plus préoccupé par ce qui nous attend que par la couleur de sa culotte.

Le bandage s'étend de la cheville au haut de la cuisse. Avec précaution, les mains tremblantes, j'écarte de sa peau l'extrémité supérieure du bandage pour y glisser les ciseaux.

Aislin passe son doigt sur son nez enrubanné et dit :

— Tu sais, maintenant que j'y pense… c'est bizarre que ta jambe n'ait pas été plâtrée.

— De nos jours, ce n'est pas si étonnant que ça, je rétorque.

— Qu'est-ce que tu fais ? demande Eve.

Mais rien n'indique qu'elle veuille m'arrêter ou qu'elle soit inquiète.

Je découpe la bande jusqu'à la cheville et la roule pour dégager la zone touchée dans l'accident.

Nous sommes tous trois focalisés sur le spectacle de la blessure.

La lumière de la salle de bains est impitoyable.

À l'endroit où la chair a été déchirée, la peau arrachée, les muscles meurtris, les os éclatés en mille morceaux, nous découvrons une surface douce et blanche. Une peau soyeuse comme l'est celle d'une adolescente de seize ans.

Mais plus aucune trace de l'accident.

19

Eve

— Pas même une égratignure, murmure Aislin. J'ai besoin de toucher ma jambe pour croire ce que je vois.

La peau ne présente ni ecchymoses ni le moindre renflement. Elle n'est pas simplement douce, elle est exactement identique à ce qu'elle était avant l'accident.

Je dégage délicatement les bandages, pas encore convaincue que la douleur ait tout à fait disparu.

— J'ai l'impression de rêver…

Solo se lève et range les ciseaux avant de déclarer :

— Cela fait déjà plusieurs jours que ta jambe est guérie. Dès le surlendemain de ton accident, tout était rentré dans l'ordre. Trois jours après, les cicatrices avaient déjà disparu. Il peut y avoir quelques inexactitudes dans le timing, mais c'est à peu près ce qui s'est passé.

— Ce n'est pas possible, n'est-ce pas ? dit Aislin, incrédule.

Solo connaît la réponse, il sait. Je dois lui demander…

— As-tu déjà eu dans ta vie une égratignure qui ait duré plus d'une journée ? me questionne-t-il.

— Euh… je ne sais pas !

Je remonte le cours du temps et tente de me souvenir de mes petites blessures. Mais qui se souvient de ça ?

— Des coupures ? Des contusions ? insiste Solo en s'adossant au lavabo, les bras croisés sur la poitrine. Des rages de dents ?

— J'ai toujours pris soin de mes dents.

— Des angines ? Des grippes ? Des gastro-entérites ?

Je sens mon cœur palpiter frénétiquement. Je réponds avec un petit sourire en coin :

— J'utilise du désinfectant pour me laver les mains. Et toi, combien de fois dans ta vie t'es-tu enrhumé ?

Je sens Solo se raidir.

— C'est de toi qu'il s'agit ! Pas de moi.

— Elle n'est jamais malade, intervient Aislin. Même des crampes, elle n'en a jamais !

Elle pose ses mains sur ses cuisses, comme pour montrer l'endroit où, théoriquement, je serais censée avoir des crampes après avoir fait du sport.

— Je dois admettre qu'Aislin n'a pas tort. J'ai de la chance, je ne suis jamais malade.

Solo secoue la tête.

— Personne n'a cette chance, commente-t-il.

— Attendez une seconde ! je m'exclame d'un ton triomphant. Quand j'avais environ deux ans, j'ai subi une opération du cœur.

Je me sens curieusement soulagée par ce souvenir.

— J'avais un problème de valve, une maladie congénitale. Ils l'ont réglé, je pense. Je crois me souvenir qu'ils ont utilisé des tissus de porc.

Aislin fronce les sourcils.

— Dans le genre bacon ?

— Tu te trompes, me corrige Solo. Tu n'as pas été opérée.

— Évidemment que si ! Comment veux-tu qu'il en soit autrement ? Et comment sais-tu ce qui s'est passé quand j'avais deux ans ?

Solo fixe ses pieds.

— Tu n'avais plus beaucoup de temps à vivre, m'explique-t-il. Les chances d'obtenir un cœur à transplanter étaient infimes. À présent, tu peux certainement comprendre pourquoi ils l'ont fait. La situation était désespérée.

J'attrape vigoureusement son bras.

— Qu'est-ce que tu es en train de me dire, Solo ?

— Tu as été modifiée, Evening.

Il touche ma main tandis que je dégage la mienne, qui serrait son bras.

— Tu as été génétiquement modifiée. Quand tu avais deux ans. Tout est relaté dans ton dossier.

Il attend quelques instants avant de continuer :

— Deux jours après l'opération, tu étais complètement guérie. Les médecins pensaient sans doute assister à un miracle, alors qu'en réalité ce n'était que les effets du sérum Logan que tes parents t'avaient injecté.

— Le sérum Logan ?

— Cool, fait Aislin. Je peux en avoir un peu ?

— Personne ne peut en avoir, Aislin, répond Solo. Ce sérum n'a jamais été approuvé par le ministère de la Santé, ni par aucun gouvernement.

— Et pourquoi cela, si les effets sont si… je m'enquiers, quand soudain les jambes d'Aislin flanchent sous le poids de la fatigue.

— J'ai besoin d'un verre d'eau, déclare-t-elle d'une voix de petite fille.

Je trouve un gobelet sur le lavabo et le remplis. Mais j'ai à peine le temps de l'offrir à Aislin que cette dernière s'écroule. Heureusement, Solo la rattrape et la soulève aisément. Elle n'est pas inconsciente, simplement dans un état d'épuisement avancé, entre sommeil et conscience.

Solo la dépose sur mon lit. Je place un oreiller sous sa tête, retire ses bottes et l'enveloppe d'une couverture. D'un geste, j'indique à Solo la direction de la salle de bains. *La* jambe est incroyablement souple. Je ne peux pas en dire autant de mes mains, prises de tremblements incontrôlables.

Je referme la porte des sanitaires derrière nous.

— Nous sommes ici parce qu'il n'y a pas de caméras de surveillance, c'est bien ça ?

— Oui, c'est ça.

Je tripote nerveusement les robinets du lavabo.

— Cette chose, dis-je, ce truc qui permet de tout guérir, pourquoi suis-je la seule à en avoir bénéficié ? Je veux dire, ma mère, tout le monde, ici, chez Spiker…

— Parce que c'est absolument interdit. La manière dont ils l'ont fabriqué est illégale. Ils ont joué avec le génome humain, au mépris des lois. À présent, pour pouvoir divulguer leur découverte, ils doivent tout reprendre de zéro et la tester en suivant les protocoles officiels. Et ça prendra des années.

Je m'efforce de le regarder en face.

Je sens qu'il ne me dit pas tout et qu'il m'invite à l'interroger.

Pourtant, je n'ai pas envie d'en savoir davantage. Pas maintenant, du moins. C'est trop tôt.

C'est une chose de savoir que sa mère s'approche des limites de temps en temps. C'est dans la nature de Terra de jouer avec le feu sur le plan éthique. Mais de là à enfreindre délibérément les lois, et dans l'intention de me sauver…

Je l'imagine en train de me dire au milieu du petit déjeuner : « Fais-toi une gaufre, Eve, et n'oublie pas de réviser ton cours de sciences. Ah oui, à propos de sciences, papa et moi nous t'avons génétiquement modifiée. Tu pourras mettre ton assiette au lave-vaisselle ? »

Solo a compris que je ne souhaitais pas en apprendre davantage. Il rit, d'un rire sourd, puis il ouvre la porte de la salle de bains et traverse la chambre.

— Je dois y aller, maintenant. Je suis épuisé. Si ta mère te demande ce qu'Aislin fait là, dis-lui qu'elle est venue toute seule.

Il sort une carte d'accès de la poche arrière de son jean.

— C'est celle de la suite 14, celle où elle est supposée dormir.

Je prends la carte et me sens obligée de le remercier, car il a risqué beaucoup en conduisant Aislin jusqu'à ma chambre. Pourtant, aucun remerciement ne sort de ma bouche. Je lui souhaite simplement une bonne nuit et le laisse s'en aller.

Aislin, elle, ronfle comme une bienheureuse.

*

Contre toute attente, je parviens à m'endormir. Malgré la main d'Aislin posée sur mon visage, malgré les images de ma jambe qui me reviennent à l'esprit et celle du visage de Solo à la hauteur de ma culotte ringarde.

La mémoire des sens, le frisson qui l'accompagne lorsque je me remémore les doigts délicats de Solo en train de courir sur mes cuisses.

En dépit de tout cela, je trouve le sommeil et rêve d'hôpital.

Ce n'est pas celui dans lequel je me trouve, ni les urgences qui m'ont accueillie après mon accident. Il s'agit d'une salle d'hôpital qui remonte à beaucoup plus loin dans mon passé.

Je vois ma mère.

Et mon père.

Cela m'arrive parfois de rêver de mon père, jamais de ma mère.

Mais dans ce rêve, ils sont ensemble, chuchotant. Ma mère tient une seringue dans sa main. Mon père opine de la tête en guise d'approbation. Tous deux sont en train de pleurer.

C'est l'haleine épouvantable d'Aislin qui me réveille. Il semble qu'elle ait vomi. J'espère simplement qu'elle a eu le temps d'arriver à la salle de bains.

Je titube jusqu'aux toilettes et constate que la cuvette est pleine. C'est déjà ça, elle aurait pu vomir sur le lit !

Le bandage qui recouvrait ma jambe est en lambeaux. Il serait peut-être préférable que je le retire complètement ? Ou que je tente de le recomposer afin que personne ne sache qu'à présent je sais tout ?

Je prends conscience, soudain, qu'ils sont tous au courant, et que tous jouent le jeu. Les médecins, les infirmières… Tous savent que ma blessure a disparu. Et tous me cachent la vérité.

Je comprends, maintenant, pourquoi ma mère a tout fait pour me faire sortir de l'hôpital et m'amener ici.

La chambre est encore sombre bien qu'il soit déjà 8 heures 42. Je devrais être debout, à cette heure-ci. Je manque de sommeil et mon esprit est embrumé d'une multitude d'images et de mots. Le visage ensanglanté d'Aislin. Le souvenir lointain d'une chambre d'hôpital. Les mots de Solo : « Tu as été modifiée. Tu as été génétiquement modifiée. » La sensation irréelle de mes doigts sur ce qui aurait dû être encore une plaie béante.

En dépit de tout, le souvenir le plus présent à mon esprit est celui de Solo agenouillé à mes pieds dans la salle de bains.

Je me dirige vers les toilettes et prends dans le tiroir la paire de ciseaux. Puis je retire maladroitement les bandages qui recouvrent ma main et mon bras droits.

Je bouge mes doigts écrasés, remue ma main mutilée, plie mon coude cassé.

C'est exactement comme si rien ne s'était passé.

Tu as été génétiquement modifiée.

Il ne faut plus que j'y pense.

Je prends une douche brûlante, avec l'impression que c'est un cadeau de la vie, et shampouine longuement mes cheveux en utilisant mes deux mains.

Je me sèche, passe des vêtements propres et enfile un jean… avec deux jambes !

De retour dans la chambre, j'attrape mon carnet de croquis et un crayon.

N'y pense plus ! N'y pense plus !

J'ouvre mon carnet sur le dessin que j'avais commencé pour le cours de modèle vivant. Le crayon est doux au toucher et assuré entre mes doigts. Sa pointe glisse sur le papier en émettant une petite musique douce.

Je trace quelques lignes au hasard, juste pour retrouver les sensations que je pensais avoir perdues.

N'y pense plus !

J'étudie mon dessin, qui n'est pas abouti. Ce sont les yeux qui posent problème. Rien à voir avec ceux que j'ai pu créer à l'aide du logiciel de ma mère.

Les yeux d'Adam ont une vie, ceux-là ne sont que des petites billes de graphite issues d'un morceau de bois recyclé.

N'y pense plus !

Je commence à gommer l'œil gauche et me souviens tout à coup de la phrase inscrite sur le mur de la salle de dessin : « La créativité, c'est permettre à chacun de commettre des erreurs. L'art consiste à savoir quelles sont celles qu'il convient de conserver. »

J'ouvre une page vierge de mon carnet, la détache et écris dessus un message à l'attention d'Aislin.

Je dépose la feuille sur son oreiller et remonte la couverture sur ses épaules. Sa joue a pris une couleur bleutée virant au violet.

Je cache mon carnet dans une armoire, puis je vole au secours d'Adam.

20

Un rayon de soleil traverse la pièce. L'immense ficus a laissé tomber une de ses feuilles sur le clavier de l'ordinateur. Lorsque je suis entrée, les quelques personnes qui travaillent là ont à peine levé la tête de leur moniteur.

J'entre mon mot de passe. C'est fou comme il est pratique de se servir de ses deux mains. Deux mains, dix doigts… quel luxe !

Adam prend forme.

Il a une bonne tête, mon personnage. À en juger par les regards fixés sur l'écran géant, je ne suis pas la seule à le penser. On les dirait hypnotisés.

— J'aimerais bien faire son boulot, murmure quelqu'un.

Je me retourne en direction de la voix, mais chacun s'est remis au travail. Je suis la fille de Terra

Spiker, et le moindre contact avec moi, même visuel, semble de fait prohibé.

Terra Spiker qui, visiblement, est capable de tout.

Je regarde les doigts de ma main droite et les remue. Aucune douleur, aucune trace de l'accident. Ils m'ont sauvé la vie. S'ils n'avaient pas pris des raccourcis illégaux aux yeux des instances suprêmes du gouvernement, je ne serais plus ici pour le constater.

En aurais-je fait autant pour quelqu'un que j'aime ? Pour Aislin ?

Oui. Assurément. Sans l'ombre d'un doute.

Mais lui aurais-je caché la vérité, qu'elle aurait alors découverte par la bouche d'un étranger ?

Solo n'est pas vraiment un étranger, évidemment. C'est juste une façon d'exprimer ma colère. Cela dit, je ne sais absolument rien de lui, si ce n'est qu'il hait ma mère.

Les yeux d'Adam, qui par le fruit d'une coïncidence bizarre ont la même couleur que ceux de Solo, ne sont pas aussi réalistes que je l'imaginais. Le regard de ma créature demeure vide. Il me reste un gros travail à accomplir pour lui donner la profondeur qui lui manque. Mais ce n'est pas comme s'il s'agissait d'une création artistique. Je sais ici comment régler le problème.

La batterie d'outils dont je dispose pour choisir les composants génétiques du cerveau est bien plus complexe que celle que j'ai utilisée au début du processus de création. Il ne s'agit plus simplement de choisir des gènes pour obtenir *ipso facto* des yeux bleus, des poumons ou des cheveux bruns.

Je passe en revue les instructions. Celles-ci m'expliquent clairement que toute la complexité de la génétique tient à l'alchimie entre les gènes dessinés pour mon personnage. La construction du cerveau relève quant à elle d'autres paramètres ; l'expérience, par exemple. Et même, au niveau génétique, les interactions sont si subtiles et si complexes que l'on n'est jamais vraiment certain de ce que l'on va obtenir. Le cerveau est un enchevêtrement de câbles, de milliards de câbles. Certaines zones sont plus clairsemées, tandis que d'autres sont si denses que les connexions semblent fusionner les unes avec les autres.

Mon poignet me démange à l'endroit où il était bandé. Je me sens toute fébrile d'avoir manqué d'exercice. À bien y réfléchir, pourtant, cette énergie relève peut-être d'autre chose. Probablement du fait que, d'une manière ou d'une autre, il faudra que j'affronte ma mère pour lui dire que je sais tout.

N'y pense pas ! Pas maintenant.

Je pourrais définir un QI de génie pour Adam. Je pourrais associer quelques icônes et obtenir un cerveau puissant, capable d'absorber et de synthétiser une quantité impressionnante d'informations.

Ce faisant, je pourrais créer un individu tellement au-dessus de la moyenne qu'il serait incapable d'entretenir des relations normales avec des gens normaux. Je pourrais réduire son potentiel d'amis, de collègues, d'amantes à une proportion infinitésimale de la population mondiale. Je pourrais faire en sorte qu'il ne trouve jamais le bonheur.

À bien y réfléchir, il serait préférable que mon personnage soit d'intelligence moyenne. Cela lui permettrait de profiter d'un panel d'amis et d'amours bien plus large. Il devrait certes travailler beaucoup plus dur à l'école, mais il pourrait être plus heureux, quoique une intelligence moyenne ne soit pas un critère nécessairement décisif pour parvenir au bonheur.

Je pourrais définir pour lui certaines aptitudes artistiques. Je pourrais le préparer à une carrière scientifique. Je pourrais le codifier pour qu'il consacre sa vie à des œuvres humanitaires.

Je pourrais faire en sorte qu'il soit craintif et prudent. Il vivrait alors plus longtemps, mais cela l'empêcherait peut-être d'obtenir ce qu'il recherche dans la vie.

Je pourrais le créer téméraire et audacieux. Il pourrait mourir jeune. Il pourrait être un criminel doté d'une capacité créative surprenante.

Tout cela me semble soudain désespérément compliqué ! Je ne peux pas dire que je sois croyante, mais cette mission me conduit à développer quelques affinités avec Dieu. Essayez de créer un cerveau intelligent et sensible, et c'est tout le concept de la pomme interdite qui vous tombe sur le dos !

Je songe aux cerveaux que je connais. Celui d'Aislin, par exemple. Que se passe-t-il donc dans le cerveau d'Aislin ? Elle n'est pas aussi studieuse que moi, et c'est peut-être ce qui la conduit aux situations dans lesquelles elle se met. Mais si l'on ajoute la dimension de la chair et des plaisirs de la vie en général, Aislin n'a pas grand-chose à m'envier.

Et ma mère ? Elle est brillante, ambitieuse, amorale. Néanmoins…

Tu es modifiée. Tu es génétiquement modifiée.

J'entends encore la voix de Solo. On aurait dit un médecin qui m'annonce que j'ai une maladie incurable. Comme s'il n'y avait rien de plus naturel.

Cela peut être amusant, quand on y songe. En fait, je suis comme un super-héros, doté de pouvoirs surnaturels et notamment de celui de guérir de tout. Ma vie aurait-elle été différente si j'étais restée dans l'ignorance de mes pouvoirs ?

— Il est… magnifique !

Aislin se tient soudain derrière moi, je ne l'ai pas entendue arriver. Elle est dans un état pitoyable. Son visage est couvert d'ecchymoses et le pansement sur son nez est rouge de sang séché.

Elle, assurément, n'a pas été modifiée.

— Comment te sens-tu ? je lui demande sans me lever pour l'embrasser – bien que l'idée m'ait traversé l'esprit.

Aislin ne répond pas. La bouche légèrement entrouverte, elle ne quitte pas l'écran des yeux.

— Épouse-moi, Adam ! chuchote-t-elle. Peu m'importe que tu ne sois pas encore complet. Je t'aime tel que tu es.

— J'avoue que je suis assez fière de son visage ! Mais tu peux me dire comment tu te sens, Aislin ?

— J'ai l'impression qu'on m'a balancé un coffre-fort sur le crâne.

Elle sourit en grimaçant. Elle a perdu une dent, à la place de laquelle il n'y a plus qu'un bout de gencive déchiquetée.

Moi aussi, je me suis cassé une dent, lorsque j'avais sept ans. Je jouais à la balançoire, j'ai sauté et j'ai raté ma réception. Résultat : une dent en moins. À présent, je comprends un peu mieux pourquoi je ne m'en suis pas aperçue à l'époque.

Comme mon amie est sur le point de pleurer, je me lève et la prends dans mes bras.

Pourquoi cela me demande-t-il un tel effort ? Pourquoi ai-je l'impression que ma peau a été frottée au papier de verre et qu'à présent je ne supporte plus le moindre contact ?

— Je dois aider Maddox, dit-elle, le visage enfoui dans mon cou.

Je me dégage d'un mouvement ferme :

— Maddox est un dealer. C'est un garçon stupide qui s'est compromis dans de sales histoires avec d'autres dealers. Et il t'a blessée.

Elle fait un pas en arrière.

— Et que suis-je censée faire ? Le laisser se faire tuer ?

— Est-ce qu'il t'est venu à l'esprit d'appeler la police, par exemple ? Ça semble logique, non ?

Elle soupire.

— Pour qu'il aille en prison ?

— Probablement, oui.

Je tape du pied, comme ma mère a l'habitude de le faire.

— Aislin, entre nous, sérieusement, as-tu le choix ?

Elle donne un coup de pied dans ma chaise.

— Je ne sais plus quoi faire, je suis perdue !

— Sais-tu combien il doit à ces types ?

— Mais je ne suis pas en train de te demander de l'argent, E.V.

— Combien ?

Le ton de ma voix est dur, cynique. Je me déteste lorsque ma voix résonne ainsi.

Elle scrute ses ongles et me répond :

— Neuf mille dollars.

Je ne devrais pas lui prêter d'argent, mais si cela permet à Aislin de se sortir des griffes de Maddox...

— Si je te prête cette somme, est-ce que cela t'aidera à arrêter cette histoire ? À trouver un garçon qui te traite mieux ? Est-ce qu'une fois pour toutes tu vireras Maddox de ta vie ?

Aislin renifle et opine de la tête.

En vérité, cette somme n'est pas si conséquente. Neuf mille dollars ne sont rien pour ma mère. Le seul problème est que ma mère ne me donne jamais d'argent. Si je lui demande une telle somme, elle y verra un moyen de m'acheter et je devrai lui proposer quelque chose en échange. Il faut donc que je sois prudente.

Je sors mon téléphone et lui tape un message. Pendant ce temps, Aislin a les yeux rivés sur Adam.

— Tu es loin d'avoir fini, commente-t-elle.

— Je suis en train de travailler sur le cerveau...

— Pourquoi faire ?

— Ça fait partie de la simulation. Adam a besoin d'un cerveau. Je ne sais pas si je le souhaite vraiment très intelligent ou simplement intelligent.

Aislin réfléchit et ajoute :

— Peux-tu décider s'il sera gentil ?

Mon téléphone se met à vibrer. Ma mère peut me recevoir d'ici une heure dans son bureau.

C'est curieux, mais, après tous ces jours passés à attendre Aislin, je souhaite maintenant qu'elle parte. Si elle fait preuve d'un peu de sensibilité, elle s'en rendra compte.

— Est-ce que je peux regarder ? me demande-t-elle tout en pointant Adam du doigt.

J'approche une deuxième chaise de la station de travail et elle s'assied. Une tension étrange s'est installée entre elle et moi.

Je lui explique le principe de fonctionnement du système.

— Tu vois ces éléments en forme de bonbon ? C'est ainsi que sont représentés les gènes. Voici une autre série de gènes. Et une autre encore. C'est en les combinant que l'on peut définir le degré d'intelligence de l'individu. Il n'existe pas un bouton « intelligent » sur lequel il suffirait d'appuyer. C'est un peu comme si l'intelligence avait plusieurs parfums : vanille, chocolat, framboise !

Aislin concentre toute son attention sur mes explications.

— Tu veux dire qu'ils ont décodé l'ADN d'individus pour comprendre ce qui fait qu'ils sont considérés comme intelligents ? Qui étaient ces individus ?

Je hausse les épaules.

— Je ne sais pas. Le programme ne le dit pas.

— Ça pourrait très bien être Einstein ou Stephen Hawking ?

— Peut-être, oui.

— Ouais... Eh bien, je ne trouve pas ça cool, moi ! Concevoir des individus qui seraient identiques à d'autres...

— Ce n'est qu'une simulation. C'est impossible dans la réalité.

Aislin me dévisage avec des yeux brillants et je détourne le regard.

— Ils ont juste réussi à faire quelque chose avec moi...

— Est-ce que tu vas en parler à ta mère ?

— Des neuf mille dollars ?

— Non ! Du fait qu'ils t'ont... comment Solo appelle ça ? Ah, oui, modifiée !

— On verra bien. Comme tu peux le voir, je marche. Mes bandages ont disparu. J'imagine que la question se posera, oui !

Nous restons silencieuses quelques instants tandis que je paramètre quelques éléments configurant le cerveau d'Adam. La tension qui s'était installée entre Aislin et moi s'atténue, puis disparaît complètement. Je n'aime pas me sentir loin d'elle. J'ai besoin d'Aislin. Elle est tout ce que j'ai au monde. Et elle aussi a besoin de moi, même s'il arrive parfois qu'elle ne s'en rende pas compte.

— Tu pourrais peut-être t'attaquer aux muscles avant de configurer le cerveau, non ? suggère-t-elle avec un sourire malicieux. Conçois un beau gars et je me chargerai de le faire travailler.

— Sans cerveau ?

Elle opine de la tête pour marquer son acquiescement et ajoute :

— Ils sont toujours mieux lotis sans cerveau.

21

Le bureau de ma mère ne fait pas dans le minimalisme. Tout y est démesuré, luxueux et high-tech. Il est dominé par une cascade magistrale, haute d'une dizaine de mètres. L'eau s'y écoule très doucement par paliers successifs composés de pierres plates. Son mouvement est si subtil qu'il est à peine perceptible.

La table de travail, en acier brossé inoxydable, est immense elle aussi. On pourrait penser qu'il s'agit d'une aile d'avion recyclée.

Des sculptures que mon père a réalisées peu avant sa mort sont suspendues au plafond. Il aimait plus que tout travailler le métal. Ce ne sont pas précisément des mobiles, mais plutôt des œuvres statiques suspendues par des câbles que mon père appelait les « artefacts aériens », car ils font écho à des formes rencontrées dans la nature : nuages, arbres, oiseaux.

Ma préférée, faite de métal et de Plexiglas, matérialise ce que pourrait être un coup de tonnerre. J'aime aussi beaucoup celle qui représente un séquoia, dressé du sol au plafond. Elle est tout juste divine !

Je ne sais pas pourquoi ma mère, qui déteste l'art – et celui de mon père en particulier –, a accroché ces pièces dans son bureau. Quand je lui ai demandé, elle m'a répondu que son architecte d'intérieur cherchait quelque chose d'immonde et de prétentieux pour remplir l'espace.

Bref, le bureau de ma mère est le genre d'endroit qui vous fait penser que vous n'êtes rien et qu'elle est tout. Ici, plus encore qu'ailleurs, Terra Spiker domine le monde.

Ce n'est pas précisément le genre de bureau où l'on s'attend à voir une rangée de photos de famille. Pourtant, à droite de sa table de travail est accroché un grand cadre argenté qui contient une série de photos : la plupart de moi, quelques-unes de mon père, une seule de nous trois – en mode famille heureuse posant sur une plage pour la postérité.

Je garde un très bon souvenir de cette journée. Le vent soufflait fort et le froid nous décourageait d'aller tremper nos pieds dans l'eau. Nous avons fait voler un cerf-volant pendant un long moment, jusqu'à ce qu'il plonge dans une vague et n'en ressorte pas.

J'avais alors quatre ans, peut-être cinq. À l'époque, j'avais déjà été modifiée.

— Bonjour, Evening, me dit ma mère sur un ton glacial.

— Bonjour !

Son regard glisse sur ma jambe. Je constate qu'elle tressaille légèrement.

— Je vois que ta jambe se porte bien.

— Mieux que bien, même ! Elle est parfaitement remise.

Elle soutient mon regard sans ciller et je n'ai aucunement l'intention de détourner le mien. Pourtant, je finis par céder :

— À quel moment pensais-tu m'en parler ?

— Te parler de quoi ?

— Du fait que je fais partie intégrante de tes expériences génétiques !

Un long silence s'installe dans la pièce. J'en profite pour écouter l'écoulement harmonieux de l'eau de la cascade et les engrenages métalliques fonctionner dans le cerveau de ma mère.

— Je serais curieuse de savoir comment tu en es arrivée à cette conclusion, dit-elle enfin.

Elle arrange un faux pli sur son tailleur parfaitement repassé et fait quelques pas pour s'éloigner de sa table de travail gigantesque.

Je résiste difficilement à la tentation de reculer.

— C'est pourtant évident ! Tu es à la tête d'un laboratoire de biotechnologie qui a la réputation de passer outre aux lois.

Elle s'approche de moi.

— Tu préférerais souffrir ? Tu préférerais avoir des cicatrices sur tout le corps ? Boiter à vie ?

— Qu'as-tu fait d'autre sur moi ?

Elle se tient maintenant juste devant moi.

— Ce que j'ai fait sur toi ? Tu veux dire, quel autre cadeau je t'ai offert ?

— Je...

— Comment j'ai fait pour améliorer ta vie, pour qu'elle soit tellement meilleure que celle des autres êtres humains ? Comment j'ai fait pour te protéger de tout ?

Je sens mon pouls accélérer, ma respiration s'emballer. Son assurance et sa détermination semblent infaillibles. Je tente de répondre, mais ma gorge est sèche. Ai-je vraiment envie de poursuivre cette conversation ?

— Pourquoi es-tu venue me voir, mon ange ?

— J'ai besoin de neuf mille dollars.

— C'est pour ta paumée d'amie ? J'en déduis qu'elle a fini par te rejoindre ? Dois-je remercier Solo pour cela ?

Je ne veux pas impliquer Solo dans cette affaire, il m'a fait confiance.

— Elle a trouvé le chemin toute seule ! Et puis elle est restée aussi longtemps qu'elle le souhaitait.

Ma voix n'a pas tremblé et j'en suis assez fière.

— Ce sont donc tes exigences ? Neuf mille dollars et une suite pour l'autre imbécile ?

Inutile d'engager la polémique quant à la façon dont elle définit mon amie. Ce serait peine perdue et je n'en ai pas le temps. Aussi je réponds simplement :

— Oui.

— Il faudra que tu restes hospitalisée au moins une semaine de plus, m'annonce-t-elle après un moment. Juste pour les apparences.

— Parfait.

Elle prend une profonde respiration, étire son cou et me regarde curieusement, comme si elle me rencontrait pour la première fois.

— C'est d'accord ! finit-elle par me dire.

— C'est d'accord ?

— Oui.

— Mais ?

— Mais rien du tout.

Qu'elle est intelligente ! Dieu, qu'elle est intelligente !

— Autre chose ? demande-t-elle.

Elle sait qu'elle me tient. Elle s'est contentée d'acheter mon silence pour de la menue monnaie. C'est sans doute comme ça qu'elle est devenue milliardaire.

22

Solo

Il faut absolument que je récupère ces informations. Je m'arrête dans le couloir, les poings serrés sur mon Caddie et le cœur battant la chamade. Le bagel aux graines de sésame de Tommy le Tatoué est prêt. Ce qui va se passer maintenant est vital.

— Salut, Solo !

Je sursaute. C'est Ben, l'un des assistants en recherche, qui me demande :

— Où il est ? Tu sais, le gars du café ?

— Jackson ? Il est malade… Il prétend qu'il a mangé un truc qui ne lui a pas réussi. C'est moi qui le remplace.

— Sûr que c'est du bidon !

— Ouais, comme tu dis !

Il s'empare de deux beignets dans un panier et se justifie d'un air coupable :

— Je suis sur un gros projet, il faut que je prenne des forces.

Je suis si fatigué. Si seulement je pouvais planter ce Caddie au milieu du couloir. Cela fait quatre heures que je le pousse comme un zombie, offrant muffins et tasses de thé à qui veut les prendre tout en répondant aux questions par monosyllabes et grognements.

Je n'ai pas mon compte de sommeil et l'adrénaline qui s'écoule dans mes circuits me rend nerveux.

J'attendais qu'Eve quitte le complexe. Mais en voyant son visage, hier soir, lorsque je lui ai dit la vérité, quelque chose m'a fait penser que je ne pouvais plus attendre. Elle mérite de savoir au plus vite.

Rassemblant mes dernières forces, je pousse mon Caddie jusqu'à Tommy.

— Hé, Bagel Boy ! s'exclame-t-il sans quitter son écran des yeux.

Il se sert de son ordinateur, je n'ai donc aucun moyen d'y entrer. Il a même ajouté un mot de passe alphanumérique, certainement aussi complexe que le mien, doublé d'un scan rétinien. À moins de disposer d'un superordinateur et de l'empreinte de son œil droit, j'ai peu de chances de réussir à le casser.

— Voilà votre bagel, lui dis-je en lui tendant le panier.

Manifestement, il est en train de faire une partie de football.

— Qu'est-ce que tu penses du nouveau quarterback des Jets ? me demande-t-il.

Me parler de sport, c'est sa manière à lui de faire preuve d'égalitarisme. Mais je n'y connais rien et ça ne m'intéresse pas.

— Pas grand-chose. Bagel ?

— Il ne s'appelle pas Bagel mais Jibril.

Je lâche un rire tendu pour lui signifier que j'ai compris sa blague.

— Pose-le là ! me dit-il sur un ton qui me laisse penser que je l'ennuie déjà.

Je place le sachet à côté du clavier.

— Un cappuccino ?

— Ouais, donne !

Au moment de lui tendre la tasse, celle-ci m'échappe des mains, ce que je n'avais pas prévu. Tommy se met alors à tempêter, fou de colère, et repousse violemment sa chaise en arrière. Le café s'est répandu sur son ordinateur portable, sur sa jambe et son bras.

— Imbécile ! hurle-t-il en s'essuyant frénétiquement. Tu peux pas faire attention ?

— Désolé ! je m'excuse en lui tendant des serviettes en papier.

Mais il me repousse, furieux, et m'insulte de tous les noms qui lui passent par la tête.

— C'est malin ! Il faut que j'aille me changer, maintenant !

L'opportunité que je n'avais osé imaginer se présente alors à moi : Tommy s'en va en laissant là son ordinateur portable.

J'attends qu'il soit hors de vue pour m'installer au clavier, tremblant d'impatience. J'ai piraté les systèmes de Spiker pendant des années, mais jamais un poste de travail en particulier. Et les informations que contient celui-ci sont bien trop confidentielles pour être stockées sur un serveur.

J'ai toujours voulu pénétrer le projet Adam, et voilà, j'y suis ! Il faut maintenant que je transfère les données. J'active la Wi-Fi et recherche les signaux disponibles. Un spot baptisé *snakep* s'affiche, comme Snake Plissken dans *New York 1997*, le seul Plissken auquel je puisse m'identifier.

Fichier après fichier, je procède au transfert sur mon téléphone portable. *Vite ! Plus vite !* Je jette régulièrement un regard par-dessus mon épaule pour m'assurer que Tommy n'est pas déjà de retour. D'une main, j'éponge le café répandu sur la chaise, au cas où quelqu'un regarderait dans ma direction. De l'autre, je saisis des codes sur le clavier, à la recherche de toute information cachée sur le disque dur. Heureusement, Tommy n'a pas protégé les fichiers stockés sur son disque, persuadé que personne ne serait en mesure de pirater son accès. Péché d'orgueil !

Je découvre une collection impressionnante de photos, certainement pornographiques. J'en ouvre quelques-unes au hasard. Ça peut toujours servir de connaître les déviances du petit génie.

Si certaines montrent effectivement des scènes porno, les autres sont d'un tout autre genre et j'en ai le souffle coupé. Elles représentent des séries de cuves en Plexiglas contenant des horreurs : un cochon adulte à peau verte, un chiot sans poils avec deux oreilles humaines en plus des siennes, une fillette avec deux visages, le second incrusté dans la partie arrière de son crâne.

— Mon Dieu ! je m'exclame à haute voix.

Je m'empresse de refermer les photos alors que des pas se rapprochent de moi. En un instant, l'écran de l'ordinateur affiche de nouveau le terrain de football sur lequel Tommy s'amusait avant ma maladresse.

— Dégage de mon ordinateur ! m'ordonne le scientifique.

— J'étais juste en train de réparer les dégâts.

— Et d'espionner mes matrices ! ajoute-t-il. C'est Wilma Petrov qui t'a payé pour le faire ? Ça fait des lustres que cette salope cherche à savoir ce que je fabrique... Je vais la buter !

— Non ! je proteste, feignant de dissimuler un mensonge.

— Wilma ! hurle-t-il. Espèce de pourriture !

Tommy empoigne l'encolure de ma chemise.

— Écoute-moi, petit ! La prochaine fois que cette truie te soudoie, tu viens me voir ! Je te paierai le double de ce qu'elle t'a donné si tu me ramènes ses derniers calculs avant vendredi. C'est compris ?

— Oui, monsieur, c'est compris.

Je sors de la pièce en courant. Le secret que je viens de découvrir dépasse largement tout ce que j'avais imaginé !

Je dois nettoyer mon passage sur l'ordinateur de Tommy et stocker les données compromettantes en lieu sûr. Laisser ces informations sur mon téléphone serait une pure folie.

Et puis, avant de mettre Terra Spiker à genoux, il faut que je parle avec Eve. Elle doit comprendre pourquoi je fais tout ça.

23
Eve

Maddox a son argent le matin suivant. Aislin et moi avons conclu un accord : elle restera à mes côtés jusqu'à ce que ses parents rentrent de vacances, dans une semaine.

À ma grande surprise, elle a accepté sans résister. Les derniers évènements lui auraient-ils enseigné la sagesse ? S'est-elle rendu compte que sa relation avec Maddox lui était préjudiciable ? Ou bien a-t-elle simplement pris sa copine, la mutante, en pitié ? Peu importe, je suis contente qu'elle reste.

Je ne sais pas comment ma mère s'y est prise pour donner l'argent à Maddox. Je lui ai indiqué son nom et ça lui a suffi. Elle est entourée d'une armée de lèche-bottes qui accourent à son moindre caprice. Des M&M's bleus ? Aucun problème. Une épilation du maillot ? Tout de suite, madame ! Neuf mille dollars pour un abruti de dealer ? C'est comme si c'était fait !

À 6 heures 30 du matin, Maddox a envoyé un message à Aislin : « T la meilleure ! »

J'ai contacté le principal du collège pour lui dire qu'Aislin avait eu un petit accident et qu'elle était convalescente. Je suis certaine qu'il m'a crue, d'autant que la fin de l'année scolaire est proche et qu'on sent déjà une certaine ambiance de laisser-aller dans l'école. À cela ajoutons qu'ils ont pu construire un gymnase flambant neuf grâce à un chèque de ma mère.

Le Dr Anderson et le reste du personnel n'ont émis aucun commentaire devant ma jambe et mon bras découverts. Hier soir, lorsque ma mère a donné l'ordre de nous transférer, Aislin et moi, dans une suite réservée aux invités, Anderson m'a même aidée à déménager les fleurs qui ornaient ma chambre.

— Où est passé Monsieur Muscle ? me demande Aislin tandis que nous nous installons devant la station de travail du projet Adam. Tu m'as dit qu'il distribuait les cafés, je pourrais peut-être en prendre un ?

Je ne me laisse pas avoir par son regard concupiscent.

— Je ne l'ai pas vu !

— Tant pis, je suppose qu'il va falloir se contenter d'Adam ! me dit-elle tout en se grattant le nez. Ces pansements me rendent folle.

— Je sais ce que tu ressens !

— Comment le saurais-tu, Super Jaimie ?

Comme sa plaisanterie ne me plaît guère, elle me caresse l'épaule pour se faire pardonner.

— Allez, au travail, ajoute-t-elle. Il faut terminer notre homme.

Adam se résume alors à une belle tête coiffée d'une chevelure sombre, qui flotte dans un environnement constitué d'un liquide simulé.

Aislin et moi nous concentrons sur les épaules, la poitrine et le ventre de notre Adam. Puis nous simulons les résultats obtenus en accentuant ou en diminuant différents paramètres. Plus ou moins d'appétit ? Plus ou moins sportif ? Nous jouons ainsi à tester les limites de la génétique.

Adam possède des gènes lui permettant d'avoir les pectoraux et les abdos d'un athlète. Mais si nous paramétrons un penchant trop avéré pour les sucreries et trop peu d'énergie vitale, son estomac prend alors une belle circonférence.

— Voyons ce qui se passe s'il se laisse aller complètement ! je déclare.

Adam se retrouve alors avec une énorme poitrine.

— Ils sont plus gros que les tiens ! observe Aislin d'un air amusé.

Lorsque je finaliserai les derniers détails du cerveau, il faudra que je me souvienne de paramétrer une pointe d'hyperactivité. Il n'hésitera pas, alors, à dépenser son énergie résiduelle dans des activités de plein air. Il fera du VTT, jouera au tennis, aimera les sports qui sollicitent grandement le système cardiovasculaire. Peut-être sera-t-il un très bon coureur de fond, comme moi ?

Aislin dévore des yeux l'image qui flotte sur l'écran géant tel un Adonis fantomatique. Dans un coin de la salle, deux secrétaires chuchotent et pouffent.

— Je crois qu'il est temps de passer aux choses sérieuses, suggère Aislin. Les parties… masculines.

— Il n'a pas encore de jambes, Aislin !

— Ça y est ! J'ai compris ton petit jeu. Tu gardes le meilleur pour la fin, c'est ça ? (Elle me donne un petit coup de coude.) C'est un peu comme ta vie amoureuse : tu gardes le meilleur pour plus tard !

— Mais il n'y a aucune urgence à…

— Ou beaucoup, beaucoup plus tard, mon cœur !

— Les jambes ! je m'écrie pour couper court.

— D'accord, les jambes ! concède-t-elle. Courtes et trapues ?

— Non ! Enfin, c'est sûr, rien ne nous en empêche ! Mais ne sommes-nous pas en train d'éliminer toute forme d'imperfection…

— Oui, c'est certain !

— Mais qui est capable de dire ce qui est parfait et ce qui ne l'est pas ?

L'expression d'Aislin donne à penser que je suis la dernière des idiotes. Cela étant, je préfère débattre avec elle de questions philosophiques que de créer des choses que je n'ai jusqu'alors jamais vues, sinon sur des schémas en classe ou sur Google, de manière purement fortuite.

— Chacun fait avec ce qu'il a, tu ne crois pas ? La perfection n'existe pas.

— Tu en es certaine ?

— Sans aucun doute !

— C'est amusant venant de celle qui n'a pas laissé Finnian Lenzer l'approcher parce qu'il était trop blond !

— Il est presque albinos ! Bien qu'il n'y ait rien de mal à ça...

— Antoine Talbert était trop petit, John Hanover trop maigre et Lorenzo je-sais-plus-quoi avait une tête trop marrante. Sans parler de Carol, que tu as envoyée balader parce qu'elle est lesbienne.

— Ce n'est pas vraiment ma faute !

— Qu'attendais-tu de Carol, exactement ? Tu dis toujours non aux garçons. Elle en a déduit que tu jouais dans son camp.

— Je ne suis pas attirée par les filles !

— Es-tu attirée par les garçons ?

— Je sais très bien ce que je suis !

— Théoriquement, oui ! Mais, dans la réalité, c'est une autre histoire.

— Je suis sélective.

— Tu as dit que tu ne pouvais pas sortir avec Tad. Pourquoi ?

Je bafouille une réponse incompréhensible.

— Qu'est-ce que tu dis ?

— Parce qu'il s'appelle Tad ! je m'écrie. C'est un prénom ridicule !

— Chet aussi ?

— Chet ? Il faudrait que je sorte avec un Chet ? Ce prénom n'est plus utilisé depuis 1952 !

Aislin dodeline de la tête, résignée.

— C'est bien joli, tout ça, mais j'ai des jambes à fabriquer, moi !

— Fais-les courtes et trapues ! propose à nouveau Aislin.

— Tu sais bien que je ne vais pas les faire comme ça !

— Ah, ça oui, je le sais parfaitement ! réplique-t-elle d'un ton triomphant. Tu vas les faire longues, finement ciselées et délicieusement musclées. En un mot : parfaites.

— C'est faux !

C'est pourtant vrai : je dessine des jambes longues et finement musclées.

Adam est maintenant composé de trois éléments pour le moment déconnectés : une paire de jambes, un torse et une tête.

C'est alors que Solo apparaît, poussant son chariot.

— Tu tombes pile ! s'exclame Aislin.

— Comment te sens-tu ? lui demande Solo.

— Ça va beaucoup mieux ! lui répond-elle tout sourire en le scannant de la tête aux pieds.

— Il paraît que tu es sortie de la clinique ? m'interroge-t-il en me regardant pour la première fois depuis qu'il est entré dans la pièce.

— Ça n'avait plus grand sens, si ?

— C'est vrai ! Je suis de corvée derrière ce Caddie pendant une journée encore, ajoute-t-il comme si mes paroles n'avaient aucun intérêt. Alors je suis passé voir si vous aviez besoin de quelque chose. Des chips ? Une barre de céréales ?

Il marque une pause et jette un œil sur Adam.

— Un hot-dog ?

Aislin le fixe alors d'un air très sérieux et lui demande, accompagnant ses mots de gestes explicites :

— Tu n'aurais pas quelque chose de plus chaud qu'un hot-dog ? Une saucisse italienne ? Un salami tout entier ?

Le visage de Solo s'empourpre.

— Qu'il est timide ! Tu ne crois pas, E.V., que nous devrions paramétrer Adam pour qu'il soit timide, lui aussi ? C'est tellement mignon !

— Je vais prendre un sandwich à la dinde, dis-je pour changer de sujet.

Solo me tend mon sandwich ainsi qu'une serviette en papier, et celle-ci tombe au sol. Je me penche pour la ramasser, mais Solo est déjà à genoux devant moi, la serviette à la main. Nos mains se touchent. Un contact de quelques centimètres carrés. Puis nos regards se croisent alors qu'il se relève.

— L'autre nuit, j'ai constaté que tu avais un ordinateur portable, reprend-il calmement. C'est un MacBook Pro, n'est-ce pas ? Avec une sortie USB ?

Je viens de comprendre qu'il a glissé quelque chose dans la serviette. Je jette un rapide coup d'œil et constate qu'il s'agit d'une clé USB sur laquelle figure un petit logo Apple.

Solo s'éloigne avant que je n'aie le temps d'ajouter quoi que ce soit.

— Si tu n'y vas pas, E.V., moi j'irai ! me prévient Aislin en le regardant avec insistance.

J'ai un drôle de sentiment. Je ne sais pas ce que contient cette clé, mais j'ai la certitude qu'il s'agit d'un grand secret. Et ce secret m'est délivré par un garçon qui déteste ma mère…

Encore quelques jours et je pourrai rentrer chez moi. J'aurai rempli la mission confiée par ma mère. Et je serai à l'abri de Solo.

— Il faut que j'aille aux toilettes, annonce Aislin. Je reviens !

J'attends qu'elle sorte de la pièce pour examiner la clé. Puis, ne constatant rien de particulier, je la range dans la poche de mon sweater.

Adam flotte toujours devant moi, brillant et magnifique. Mon chef-d'œuvre inachevé !

Je ressens tout à coup une agitation explosive, une envie de brouillard et de rues à San Francisco. Je veux sortir de cet endroit. Je veux courir jusqu'à ce que mon cerveau s'éteigne, jusqu'à ce que mes jambes m'implorent d'arrêter.

Avant de perdre le contrôle de mes nerfs, je jette un coup d'œil à l'écran géant et saisis une série de commandes. Je ne pense pas à cette… chose, je me contente de la faire.

Aislin réapparaît au moment précis où je clique sur le bouton « Appliquer les modifications ». S'ensuit un bourdonnement, et voilà ! Mon homme parfait est devenu un homme, un vrai.

J'incline la tête d'un côté puis de l'autre pour détendre mes cervicales.

— Alors ? Qu'en penses-tu ?

Aislin laisse échapper un hurlement de loup.

— J'adore ton style !

24

J'insère la clé USB dans mon ordinateur. L'icône du disque amovible apparaît à l'écran. Je n'ai qu'à cliquer dessus pour l'ouvrir.

Il est tard. Aislin ronfle doucement. Un peu plus tôt dans la soirée, j'ai fait semblant de m'endormir pour qu'elle aille plus vite au lit. Maintenant, je suis installée dans la salle de bains, en pyjama, assise sur le couvercle des toilettes. La lumière artificielle n'est pas adaptée à une heure aussi avancée de la nuit, encore moins compte tenu du contexte.

L'icône représente le logo Apple. Un clic de souris ou une pression du doigt sur l'écran tactile suffisent à ouvrir le dossier. Et c'est bien là, le problème car, une fois qu'on sait, on ne peut plus faire marche arrière. Le processus est irréversible. Il faut agir. Et qui sait ce qui peut arriver...

Pourquoi est-ce si difficile ? Ne suis-je pas ici pour découvrir ce que cache le comportement de Solo ? Si je suis installée dans cette salle de bains, assise sur le couvercle des toilettes, au milieu de la nuit, n'est-ce pas justement pour savoir ?

J'avance le bout de mon index vers l'icône. Je clique dessus et le dossier s'ouvre, dévoilant trois nouvelles icônes. La première est celle d'une vidéo, la deuxième, celle d'un dossier contenant des fichiers. La vidéo est nommée « #1 ».

J'inspire profondément, mets les écouteurs sur mes oreilles et déclenche la lecture du fichier.

Je vois apparaître Solo, debout et visiblement agité.

— Eve, c'est moi. Je ne sais pas si tu vas regarder cette vidéo en entier. Je n'ose pas imaginer ta réaction. Jamais je n'aurais pensé que tu ferais partie du plan. Mais tu es là, et c'est ainsi. Difficile de faire marche arrière, aujourd'hui.

Il donne l'impression d'hésiter. Il s'approche de la caméra comme s'il comptait l'éteindre, mais se reprend.

— Quoi qu'il en soit, tu fais partie du plan parce que tu es ce que tu es. C'est juste qu'avant tout cela je ne te connaissais pas. Je veux dire… je savais que tu existais, mais désormais tu es devenue une personne de chair et d'os. Une personne que j'aime beaucoup.

Il baisse les yeux et regarde ses pieds.

— Une personne que j'aime !

Je jette un œil à la porte pour m'assurer qu'elle est bien verrouillée. Mais je suis la seule à pouvoir écouter les mots de Solo, la seule à pouvoir les ressentir.

— Enfin, tu es une Spiker, comme elle, je suppose. Alors j'ai préparé cela pour toi.

Il marque une pause. On dirait qu'il regrette ce qu'il a fait et qu'il a besoin de se justifier.

— J'ai le sentiment qu'il faut que tu connaisses la vérité.

Il tend le bras vers la caméra et arrête l'enregistrement.

J'ouvre sans attendre le premier dossier, qui contient une douzaine de documents. Le premier ressemble à une grille budgétaire et je n'y comprends rien. Je n'ai jamais porté beaucoup d'intérêt aux chiffres et je suis incapable de lire ce genre de tableau d'analyses financières.

Déçue, j'ouvre le fichier suivant. Il s'agit d'une description du projet 88715.

« Projet 88715, phase 1. Nous allons assembler de nouvelles technologies et d'autres plus anciennes qui ont fait leurs preuves, issues de Spiker et d'autres laboratoires. L'objectif est de concevoir une interface utilisateur qui simplifie l'extrême complexité des manipulations génétiques, de sorte qu'un opérateur lambda puisse concevoir un être humain dans son intégralité. »

« Projet 88715, phase 2. Nous allons connecter l'interface utilisateur décrite précédemment pour commencer la création d'humains. »

Je m'arrête sur ce document. Il décrit le programme qui m'a permis de simuler Adam, mais le verbe « simuler » n'est pas employé.

Le dernier dossier contient des photos. Celle d'un porc dont la peau est verte. Celle d'un chiot qui possède des oreilles humaines en plus des siennes. Celle d'un homme au regard vide et dont la peau se plisse en formant d'énormes vagues de chair successives. Celle d'une jeune fille qui porte sur le visage, Ô mon Dieu… D'autres images montrent des conteneurs géants abritant des choses vivantes. Je sens mon estomac se retourner.

L'une d'elles montre une vache aux proportions anormales, une mamelle si grosse que les pattes de l'animal ne peuvent atteindre le sol. C'est comme si la vache reposait uniquement sur cette énorme poche remplie de lait.

Une autre encore montre une personne suspendue. Je distingue des cheveux, sombres, qui ressemblent à des algues, une main, un pied, le reste m'est caché par un individu qui se tient devant, en train de rire. Le scientifique aux tatouages.

Je rabats l'écran de mon ordinateur portable, cherche un endroit pour le poser. Ma tête tourne, j'ai la nausée. J'ai juste le temps de me retourner sur la cuvette des toilettes et me mets à vomir, bouleversée par toutes ces horreurs.

Oh ! non, non, non ! Ma mère… mon Dieu !

Aislin frappe à la porte.

— Hé, qu'est-ce qui t'arrive, E.V. ? Tout va bien ?

Je n'arrive pas à retenir mes haut-le-cœur. Aislin parvient à forcer la porte, m'enjambe et vient poser une main sur ma nuque. Elle a de l'expérience sur ce terrain et connaît les gestes qui rassurent.

— Essaie de respirer par le nez, me dit-elle.

Elle est assise sur le rebord de la baignoire et s'est emparée de mon ordinateur. J'essaie de l'en empêcher, mais aucun mot ne sort de ma bouche.

— Calme-toi et laisse-moi faire ! me conseille-t-elle.

Le silence s'installe. Pas pour longtemps.

— Ô mon Dieu ! s'exclame-t-elle tout à coup. Ce n'est pas possible. Oh, non !

25

Solo

Je suis déjà réveillé lorsqu'on frappe à la porte de ma chambre. Pendant un instant, j'ai le sentiment que c'est Eve et je me demande, soudain, si j'ai bien fait de partager ces informations avec elle.

— Ouvre cette porte !

Une poussée d'adrénaline pure me traverse le corps. C'est Tommy ! Il a tout découvert. Mais je n'ai pas le choix, je ne peux pas m'échapper, alors j'ouvre.

Deux types de la sécurité encadrent le Tatoué. Le plus âgé a les cheveux grisonnants. Le plus jeune est très costaud, je l'ai vu plusieurs fois s'entraîner à la salle de sport. Tommy pue la sueur, il est visiblement shooté. Sous la peau du crâne tatoué, une veine bleutée palpite frénétiquement.

— T'es rentré dans mes fichiers, pas vrai, mon pote ? T'as fait exprès de balancer le café sur moi et tu t'es jeté sur mon ordinateur dès que j'ai eu le dos tourné. La question est de savoir si tu as été assez malin pour transférer son contenu sur le cloud ou si tous les fichiers sont encore sur ton ordinateur.

Je ne réponds pas. Tommy s'approche de mon bureau, sur lequel sont posés mon portable et ma tablette. Il s'affale dans mon fauteuil et allume cette dernière, qui l'invite aussitôt à saisir le mot de passe.

— Le code ? me demande-t-il.

— Un, deux, trois, quatre, je lui dis le plus calmement du monde.

Tommy semble sceptique, mais introduit tout de même le mot de passe. Il me regarde d'un air renfrogné.

— Sympa ! T'as installé un système de sécurité complémentaire !

Je hausse les épaules.

— C'est trop simple de pirater un mot de passe de quatre chiffres, alors j'ai ajouté une petite barrière de sécurité.

— Donne-moi le code.

Je secoue la tête et lui demande comment il a découvert mon intrusion dans sa machine, mais, visiblement, il n'est pas d'humeur à discuter.

— Tu as négligé le fait que ma station de travail est équipée de trois caméras de surveillance, me lance tout de même Tommy. C'est une négligence qui te coûtera cher !

— Que veux-tu que je te dise ? Je ne suis qu'un amateur.

À peine surpris par la familiarité de mon tutoiement, il poursuit :

— Donne-moi le code, exige-t-il.

Et, la seconde d'après, je reçois sa main en pleine figure. Ça ne fait pas du bien, mais j'ai connu bien pire.

— O.K. ! Pas la peine de me taper. C'est FG6H8D55lMSU1LQWVFOP7FD34MHUTDLK.

Il saisit le code en même temps que je le dicte.

— Ça en fait, des caractères, commente-t-il.

— Trente-deux, pour être précis.

— Tu ne serais pas un peu parano sur les bords ?

Sur l'écran de la tablette apparaît furtivement une image représentant un doigt d'honneur. Le regard de Tommy, qui vient de comprendre ce que j'ai fait, s'obscurcit.

L'écran s'éteint. Toutes les données de la tablette ont été supprimées. Une équipe de spécialistes disposant d'un laboratoire correctement équipé pourrait récupérer une partie des informations, mais cela prendrait des jours, voire des semaines.

— Tu veux aussi le mot de passe de mon ordinateur portable ? lui dis-je, fier de moi.

Tommy se lève brusquement et me balance la tablette sur le côté de la tête. Puis il la ramasse et, cette fois, il me la brise sur le crâne. Je vacille quelques secondes. Pas vraiment inconscient, juste sonné. Heureusement, le plus jeune des deux vigiles empoigne Tommy avant qu'il ne me fasse vraiment mal.

— Calmez-vous, docteur Holyfield !

C'est la première fois que je vois Tommy dans une telle colère. Cela ne me surprend pas vraiment, mais c'est toujours fascinant de voir un homme aussi intelligent dans une telle furie. Il me crache dessus et m'insulte. Il tente d'échapper à l'emprise du garde et se démène si bien que, avec la torsion des muscles, les tatouages de son bras se déforment et finissent par ne plus ressembler à rien.

Il faut un certain temps avant qu'il ne reprenne le contrôle de lui-même. Libéré par le vigile, il respire profondément, fait craquer la jointure de ses doigts et ajuste son tee-shirt.

— Bien, bien ! marmonne-t-il.

Mais, alors que je pensais qu'il avait recouvré son calme, Tommy se jette sur moi et me décoche une droite monstrueuse. Les gardes se précipitent sur lui, mais il s'écarte, les mains en l'air, pour indiquer qu'il n'en fera pas plus.

— C'est tout ce que tu mérites, petite pourriture !

Le sang coule de mon nez à flots, je suis complètement sonné et peine à reprendre mes esprits.

— Qui d'autre est au courant ? me demande Tommy.

Et, là, je commets une erreur.

— Personne d'autre ! je réponds, signifiant ainsi que je suis effectivement coupable d'avoir piraté ses données.

— Personne ? T'es sûr ?

Il avance dans ma direction et j'ai le sentiment que les gardes n'auront pas le temps de lever un doigt s'il décide de fondre de nouveau sur moi.

— Les gars, vous allez vous mettre dans un sale pétrin si vous restez là sans réagir, je leur déclare d'une voix forte. Je ne pense pas que vous soyez payés pour ça !

Ils échangent un regard. Je crois que j'ai fait mouche.

— Allez-vous-en tant qu'il est temps !

Dans le même temps que je m'adresse aux gars de la sécurité, Tommy se jette sur moi et me décoche un nouveau coup de poing au visage. Cette fois, c'est très douloureux !

— Waouh, demain, ça risque de ne pas être joli, tout ça ! Mais t'inquiète pas, dans quelques jours, il n'y paraîtra plus rien.

— Docteur Holyfield, ça suffit maintenant ! hurle le plus jeune des types de la sécurité.

— Tout est enregistré, mon pote ! rétorque Tommy. Il fallait réagir plus tôt. Vous êtes déjà impliqués jusqu'au cou. Vous êtes déjà sur les vidéos, et le seul qui ait le pouvoir de vous effacer, c'est moi ! Mais ce petit con a raison : vous n'êtes pas payés pour ça. C'est pourquoi je vais être généreux et vous offrir à chacun cinq mille dollars !

— À chacun ? s'exclame le plus vieux, les yeux grands ouverts.

Tommy me sourit et essuie un filet de sang qui coule sur mon front. Il porte ensuite son doigt à sa bouche et le lèche.

— Marché conclu ! dit-il.

Ma vie vient d'être vendue pour dix mille dollars.

26
Eve

Je me tiens face au bouton de la sonnette. Il est déjà tard et je ne voudrais pas que Solo se fasse des idées en me voyant arriver dans sa chambre. Quoi qu'il en soit, ce n'est pas à ma manière d'être vêtue qu'il s'imaginera des choses. Je porte le short de gym qui me sert de pyjama, un tee-shirt tout ce qu'il y a de plus simple et une paire de tennis que j'ai enfilée en sortant.

J'aurais pu venir avec Aislin. Sûr qu'elle aurait été partante. Mais cette affaire ne la concerne pas et il vaut mieux qu'elle reste en dehors.

J'appuie sur le bouton d'un doigt tremblant. Personne ne répond.

Je sonne une nouvelle fois. Aucune réaction.

Je presse le bouton pendant plusieurs secondes et la porte finit par s'ouvrir d'un coup. Plusieurs hommes surgissent alors de la pièce, me bousculent violemment et s'enfuient en laissant la porte entrebâillée.

Il s'est passé quelque chose de grave.

Je me relève et me précipite dans la chambre. C'est stupide, j'aurais dû commencer par appeler du secours, mais c'est trop tard. Solo est attaché à une chaise, le visage maculé de sang.

— Ferme la porte ! susurre-t-il. À clé.

Je m'exécute avant de m'agenouiller face à lui, de manière à voir son visage.

— C'est pas beau à regarder, hein ? me demande-t-il.

Il ne porte sur lui qu'un boxer et de fines coulées de sang serpentent sur ses épaules et son torse.

— Je vais appeler des secours, dis-je.

— Ça ne sert à rien. Ici, personne ne nous aidera.

Il semble chercher quelque chose dans sa bouche à l'aide de sa langue. Il grogne et crache une dent.

— Désolé, ajoute-t-il.

Je cours jusqu'à la salle de bains, trempe une serviette dans de l'eau glacée et reviens vers lui. Avec beaucoup de soin, j'essuie son visage : son front, ses yeux et sa bouche. Après avoir rincé la serviette, je nettoie son cou, puis sa poitrine, et jusqu'à la ceinture de son boxer. Je cherche alors à capter son regard, complètement perturbée. C'est la première fois que je touche le corps d'un garçon. Et ce garçon, vêtu simplement d'un boxer et attaché à sa chaise, est couvert de sang !

— Pardon, j'ai oublié de te détacher !

Je me relève d'un bond et tente de défaire les nœuds en tremblant.

— Tu trouveras un couteau dans la penderie.

Je trouve l'arme sous une pile de chaussettes et coupe alors ses liens avec précaution.

Une fois détaché, Solo se lève péniblement et me dit :

— Tu as regardé les fichiers, n'est-ce pas ?

Je n'ai plus envie d'en parler. Tout est devenu si compliqué, soudain.

Nous sommes à quelques centimètres l'un de l'autre. Si je fais un pas de plus, le bout de mon nez va toucher le creux de son cou. Dans un mouvement inconscient, nos corps se sont rapprochés au point d'être maintenant l'un contre l'autre. Je sens le souffle chaud de sa respiration contre mon visage. Je sens le contact de ma poitrine contre son abdomen. Je perçois distinctement le frisson qui vient de parcourir tout son corps et se propage dans le mien. Ses doigts tremblent tandis qu'il touche ma joue. Il y a encore du sang sur ses mains et il doit maintenant y en avoir sur mon cou et dans mes cheveux. Nos respirations sont plus fortes.

Puis ses lèvres s'approchent de ma bouche. Lentement. Très lentement. Et s'y posent.

À cet instant précis, mon cerveau envoie un message d'immense bonheur à tout le reste de mon corps : c'est un baiser ! Nous nous embrassons !

Plusieurs années, plusieurs décennies plus tard, nos bouches se désunissent avec la même douceur qu'elles se sont pressées l'une contre l'autre. Solo me dit alors :

— Il faut courir ! Maintenant !

27

Nous entrons dans ma chambre à bout de souffle et tenons à Aislin des propos incohérents. Nous lui parlons de luttes, de gens devenus fous, de secrets, avant d'en arriver à cette conclusion :

— Il faut sortir d'ici, vite.

Aislin s'approche alors de moi et me dit, l'air inquiet :

— Tu as du sang sur la bouche.

Je sens mes joues s'enflammer.

— Rien de grave, j'ai dû me couper la lèvre.

— Peut-être, me répond-elle, mais ce n'est pas ton sang, princesse !

Elle se tourne alors vers Solo et ajoute :

— J'en déduis que je n'ai plus ma chance avec toi !

— Euh !

— Où va-t-on ? questionne-t-elle.

Elle ne semble pas fâchée, simplement surprise.

— Il faut juste partir d'ici, répond Solo.

Il touche la blessure sur son crâne et fait une grimace.

— Tu as toujours la clé USB ? me demande-t-il.

Je fouille dans ma poche et sors le petit périphérique estampillé « Apple ». Tous trois fixons l'objet qui repose au creux de ma main. Comment une si petite chose peut-elle devenir aussi dangereuse ?

— Parfait ! commente Solo. Garde-la bien avec toi.

J'attrape un jean et un tee-shirt propres dans mon placard. Tandis que je me change, je réalise tout à coup que je fais face à mon miroir.

— T'inquiète pas, Eve, il ne t'a pas vue en petite tenue ! déclare Aislin d'une voix moqueuse.

— J'ai une excellente vision périphérique, la corrige Solo avec un clin d'œil explicite.

Me vient alors à l'esprit l'image de ma création sur écran géant.

— Et Adam, dans tout ça ? je demande.

— Que veux-tu dire ? interroge Aislin. Nous cherchons un moyen pour sauver notre peau, et toi, tu t'inquiètes pour un logiciel ?

Solo ne me laisse pas le temps de répondre :

— Tommy n'a pas eu son diplôme d'ingénieur et son job chez Spiker au tirage au sort. Nous l'avons surpris. Il va revenir, ce n'est qu'une question de minutes.

— Ma mère ne va tout de même pas me tuer, je proteste sans conviction.

— Toi, peut-être pas, mais Solo ? observe Aislin. Ce n'est pas son fils.

Une expression étrange traverse son visage.

— N'est-ce pas, Solo ? Tu n'es pas son fils ?

— Non ! Dieu merci ! répond-il en levant les bras au ciel.

Avec un temps de retard, je constate qu'il vient de réaliser ce que le contraire aurait impliqué.

— Je veux dire..., poursuit-il.

Mais je ne le laisse pas continuer.

— Allez, fichons le camp d'ici ! dis-je en me dirigeant vers la porte.

Mais je m'arrête devant mon armoire et saisis mon carnet de croquis. Je l'ouvre à la page de mon dessin inachevé selon un modèle vivant, détache la page, la plie en quatre et la glisse dans la poche de mon jean.

Nous nous mettons à courir dans le couloir. Cette histoire ressemble à un mauvais film d'action. Je suis en train de fuir ma propre mère. Ma mère, qui m'a transformée en rat de laboratoire. Ma mère, qui a conçu une véritable chambre des horreurs.

Comment, avec toutes ces images qui me hantent à présent, vais-je réussir à lui pardonner ? Ce n'est pas comme si elle avait été contrainte, comme si elle n'avait pas eu le choix. La vérité, c'est que ma mère est une garce dénuée de tout sens moral.

Je cours à en perdre haleine dans les couloirs en tentant de faire venir des images positives de ma mère jusqu'à ma conscience. Mais je n'y parviens pas et en arrive à la conclusion que j'ai été une enfant négligée.

Nous empruntons le même chemin que lors de notre première escapade. Cette fois, pourtant, les risques sont bien plus nombreux, et l'aventure bien moins amusante.

L'ascenseur démarre et s'arrête subitement. La porte reste close. Solo secoue la tête en sortant son téléphone de sa poche :

— Il est après nous.

Il saisit quelques chiffres sur le clavier du téléphone.

— Ça ne marchera qu'une fois avant qu'il ne le neutralise. Nous sommes entre le quatrième et le cinquième étage. À coup sûr, le garage est déjà bloqué.

L'ascenseur se remet en marche.

— Nous remontons, s'étonne Aislin.

— Suivez-moi, vite ! lance Solo au moment où la porte s'ouvre. Par ici !

Nous longeons un couloir sans fin puis Solo s'arrête, haletant, devant une porte. Il saisit quelques chiffres sur un pavé numérique et nous entrons dans une pièce sombre.

— C'est le bureau d'un gars qui est en arrêt maladie depuis plusieurs mois, explique Solo.

Aislin cherche l'interrupteur.

— Non ! N'allume pas, intervient Solo.

Il n'y a pas grand-chose à voir, ici, si ce n'est la vue sur la baie de San Francisco. Les nuages sont accrochés au Golden Gate, quelques étoiles brillent dans un ciel où la lune se devine à peine.

Solo ouvre une armoire et demande :

— L'une d'entre vous a déjà fait de l'escalade ?

Il tient à la main une longue corde enroulée en spirale.

— Oui, répond Aislin.

Je lui lance un clin d'œil, certaine qu'elle nous fait une blague. Mais elle s'empare d'un harnais et l'enroule autour d'elle d'un geste expert. Elle l'accroche ensuite avec des mousquetons, prête à ouvrir la voie.

— Pourquoi me regardes-tu comme ça ? demande-t-elle, étonnée. Quand j'étais petite, mon père m'emmenait souvent grimper jusqu'au Tahoe !

Nous nous déplaçons vers le balcon. Les bâtiments du complexe reflètent la lumière de la lune sur les eaux sombres de l'océan et les rochers. Solo accroche solidement un bout de la corde à la balustrade et jette le reste dans le vide.

Il a choisi l'endroit idéal pour s'échapper du bâtiment. Le balcon surplombe un espace dégagé, à l'écart des zones surveillées.

— O.K., Aislin, vas-y ! dit Solo avant de l'aider à se hisser sur la balustrade. Fais attention en glissant, le descendeur en huit est peut-être twisté.

À mon grand étonnement, Aislin semble avoir compris son jargon. Elle vérifie la corde et l'attache au mousqueton puis me lance un clin d'œil. Je la regarde descendre en retenant ma respiration. Je ne suis pas une grande fan de ce genre d'activités. Je vois mon amie rebondir sur les balcons des étages inférieurs, prenant appui pour descendre en rappel à une vitesse fulgurante. Au bout de quelques instants, sa silhouette disparaît dans l'obscurité. Inquiète, je demande à Solo :

— Tu crois qu'elle a réussi ?

Solo me montre la corde.

— Elle n'est plus sous tension. C'est donc qu'Aislin s'est décrochée et que tout va bien. À ton tour, maintenant !

— Mais je n'ai jamais fait ça !

Face au défi qui m'attend, je commence à douter des chances de réussite du plan imaginé par Solo.

— Écoute, me rassure-t-il, il faut juste te laisser glisser !

— Inutile de me parler comme si j'étais une mauviette !

— Je ne l'ai jamais pensé.

— C'est juste que je déteste le vide ! Descendre comme ça, vraiment, je ne le sens pas trop !

— Je vais te porter.

— N'y pense même pas !

— Écoute, Eve ! Nous n'avons pas de temps à perdre. Tommy est à nos trousses. Il est loin d'être stupide. Et si ce n'est pas déjà fait, ta mère va mettre en branle tous les services de sécurité du complexe. Nous n'avons que quelques minutes.

Solo me regarde droit dans les yeux et ajoute :

— Mais ne t'inquiète pas ! Je ne vais pas te balancer dans le vide.

— Ne t'avise même pas d'y penser ! dis-je avec un sourire nerveux.

— Monte sur la rambarde.

Je m'exécute sans réfléchir avant que mes nerfs ne lâchent. Le vent est froid et puissant. Je me dis alors que, si je tombe, je n'aurai que quelques secondes pour crier avant de m'écraser au sol. Ce n'est pas parce que j'ai été génétiquement modifiée que je suis immortelle.

Solo me rejoint sur le rebord du balcon et fixe la corde à son harnais.

— Accroche-toi à moi ! m'ordonne-t-il.

— Comment ?

— Passe tes bras autour de mon cou et tes jambes autour de ma taille. Évite de m'étouffer.

Son corps forme un angle presque droit avec le mur du bâtiment, une main sur la corde, l'autre libre. Je me suis placée face à lui, les mains toujours solidement accrochées à la balustrade.

Il se rapproche de moi en pliant les jambes et vient coller son corps contre le mien. Mettre mes bras autour de son cou n'est pas ce qu'il y a de plus difficile. Entourer sa taille avec mes jambes, ça, c'est une autre histoire ! Solo est obligé de s'écarter doucement du mur en poussant sur ses jambes, pour m'obliger à lâcher prise. Mes mollets sont fermement pressés contre Solo, mais je ne sais pas quoi faire de ma tête. Alors je me contente de le regarder, et lui se concentre sur la corde.

— Tu es prête, Eve ?

Je n'ai pas vraiment l'intention de répondre à sa question.

— Pourquoi est-ce que tu tiens tellement à m'appeler Eve ?

— J'en sais rien !

Nous commençons à descendre. C'est beaucoup plus doux que je ne l'imaginais. Nous rebondissons délicatement sur la paroi. À chaque rebond, Solo me serre contre lui pour amortir un peu le choc.

— Tu vois, déclare-t-il à mi-chemin, ce n'est pas si difficile !

Il me sourit et pousse sur ses jambes pour reprendre la descente. Pour être tout à fait honnête, je ne suis plus si pressée d'arriver au sol.

Après un dernier rebond, nous atterrissons. Aislin nous attend. Il fait sombre, ce qui m'empêche de distinguer les traits de son visage. Mais l'intonation un brin moqueuse et faussement mécontente de sa voix m'en dit suffisamment long sur son état d'esprit.

— C'est injuste ! s'exclame-t-elle. Personne ne m'avait dit qu'on pouvait descendre enlacée à un garçon !

28
Eve

Nous évoluons péniblement sur un terrain accidenté, dans la pénombre, parmi les mauvaises herbes et les rochers. Nous sommes au pied du bâtiment, à quelques dizaines de mètres de la mer.

— Un peu plus bas, il y a un escalier, explique Solo, en désignant un point dans l'obscurité. Faites attention aux branches quand vous avancez.

L'escalier, qui semble être en bois, est dans un état de délabrement avancé. Nous distinguons à peine les marches et devons nous agripper à la rambarde pour descendre.

Solo ouvre la voie, suivi d'Aislin et de moi. Nous tâchons d'être aussi silencieux que possible, mais les marches craquent sous nos pas et nos respirations me paraissent incroyablement bruyantes dans le silence de la nuit.

— Que ferons-nous une fois arrivés en bas ? je murmure.

— Il y a un bateau amarré, chuchote Solo.

Cela peut paraître ridicule, mais j'aurais préféré nager. À défaut d'être une pro de l'escalade, je suis une excellente nageuse et j'aurais ainsi pu prouver aux autres que je mérite pleinement ma place dans l'équipe. C'est alors que des craquements sonores se font entendre derrière nous.

— Quelqu'un vient…

Nous distinguons bientôt les faisceaux de trois lampes torches. Une quatrième éclaire soudain mon bras et une partie de mon visage, aveuglant mon œil droit.

— Ils sont là ! hurle un homme.

À en juger par les mouvements vifs et saccadés des lampes, ils sont déjà en train de descendre l'escalier.

L'eau est proche. J'aperçois un ponton en bois, auquel sont amarrés deux canots à moteur. L'un est en bois, l'autre gonflable, de type Zodiac.

Solo saute dans le bateau en bois.

— Larguez les amarres ! s'écrie-t-il.

— Quoi ? braille Aislin.

Je fonds sur la corde qui retient le bateau attaché au ponton. Aislin, qui vient de comprendre, m'aide à défaire l'amarre.

— Attrapez-les ! vocifère une voix alors que le moteur démarre.

Deux colosses sautent sur le ponton et se précipitent dans notre direction. Le bateau libéré, nous n'avons plus une seconde à perdre. Je m'élance et bondis dans les airs. J'atterris sur le banc et trébuche, les mains en avant pour me protéger de la chute.

Aislin atterrit lourdement après moi, et l'impact du choc nous éloigne de quelques mètres du ponton.

Solo met les gaz et le bateau accélère juste au moment où le premier de nos poursuivants s'élance pour monter à bord. Mais l'homme rate sa cible et ses comparses restent figés sur le ponton à le regarder se débattre comme un diable dans l'eau glacée.

— Aidez-le ou il va se noyer ! hurle Solo en jetant un gilet de sauvetage par-dessus bord.

Le moteur vrombit et crache toute sa puissance. Nous nous éloignons rapidement dans l'obscurité.

— Ils vont perdre de précieuses minutes à le sortir de là ! commente Solo. Mais après, ils repartiront à nos trousses.

— Ils peuvent nous rattraper ? je demande.

— Je n'en sais rien. Mais, ce qui est sûr, c'est que les clés de l'autre bateau n'étaient pas sur le tableau de bord !

Un épais brouillard enveloppe la lune et rend la Voie lactée invisible. Nous pourrions foncer dans un mur en brique sans même nous en rendre compte tant la visibilité est faible.

— Et maintenant ? s'enquiert Aislin, haletante.

Solo est toujours à la barre, obligé de s'accroupir dans une position bizarre pour piloter. Ses cheveux flottent au vent, à l'exception des mèches collées par le sang coagulé.

Je jette un coup d'œil en arrière aux bâtiments du complexe Spiker. Certains bureaux sont éclairés, et ces lumières m'attirent curieusement. Derrière moi, il y a un endroit sec, sécurisé et plein de nourriture, et devant… nous ne savons même pas où nous rendre.

— Nous pourrions aller sur Angel Island, crie Solo, tentant de couvrir le bruit assourdissant du moteur. Il n'y a personne sur cette île, à l'exception de quelques campeurs et des gardes-chasses. Le problème, c'est que nous n'avons ni tente ni sacs de couchage. Sinon, on peut aller jusqu'à la ville.

Il y a plusieurs villes dans la baie, mais lorsque l'on parle de *la* ville, il s'agit toujours de San Francisco. Je la cherche du regard, mais la brume est trop épaisse.

Comme je distingue encore les lueurs des lampes torches sur le ponton, il me vient une idée.

— Y a-t-il une lampe, à bord ?

— Regarde dans le coffre, me répond Solo.

Je fouille parmi les filets de pêche, les bouteilles d'eau minérale et les gilets de sauvetage jusqu'à ce que je déniche une lampe torche. Elle fonctionne et semble visiblement résistante à l'eau et très puissante. Je m'empare d'un gilet de sauvetage, que j'enroule autour du manche de la lampe, allume celle-ci et pose le gilet à la surface de l'eau, dans le sillage du bateau. La lumière s'éloigne rapidement, entraînée par le courant dans la direction du Golden Gate.

— Ils vont voir la lumière et penser que c'est nous ! Les gens sont toujours attirés par la lumière, n'est-ce pas ?

Personne ne me répond, mais nous savons tous les trois que ce n'est pas vrai : certains individus sont aussi attirés par l'obscurité.

— Je n'aime pas le camping ! je m'exclame. Cap sur la ville !

29

Solo

— Et maintenant, qu'est-ce qu'on fait ? interroge Aislin une fois le bateau amarré dans le port de Fisherman's Wharf.

— J'avoue que mon plan n'allait pas beaucoup plus loin que ça ! lui dis-je.

Le quartier est encore endormi, mais dans quelques heures les bateaux de pêche commenceront à arriver. Des touristes matinaux pointeront alors le bout de leur nez à la recherche d'un café crème et d'un croissant.

Pour le moment, le quartier revêt un caractère fantomatique, accentué par la présence du brouillard, avec ses restaurants de crustacés et ses brocantes fermés. Les bateaux sont fermement amarrés aux quais et les étals où l'on entasse poissons et crustacés fraichement pêchés sont recouverts de bâches en plastique.

Seul un clochard pousse un Caddie de supermarché et s'arrête devant une poubelle pour en explorer le contenu, sans nous prêter la moindre attention. Une voiture de police passe, enveloppée d'une couverture brumeuse.

Eve et Aislin me regardent, attendant une réaction de ma part.

— Je n'avais pas prévu que je serais accompagné par deux filles, dis-je pour détendre l'atmosphère.

— Ça, c'est pas très original ! s'insurge Aislin. Les mecs veulent toujours deux filles, mais ils sont incapables de planifier les choses !

— Il faut mettre les données en lieu sûr, dis-je. Une fois qu'elles seront chargées sur YouTube et Imgur avec des liens vers Reddit, nous serons tranquilles.

— Et ensuite ? demande Eve.

Je m'éclaircis la voix et m'efforce de la regarder dans les yeux.

— Le FBI et tous les flics du pays les trouveront et s'en empareront pour faire le nécessaire.

— Nous pourrions aller chez moi, propose Aislin sans trop y croire.

Eve secoue la tête.

— Certainement pas ! C'est le premier endroit où ma mère va chercher.

— Et quel serait le dernier endroit ? je demande.

Eve considère attentivement la question. On dirait qu'elle a une idée derrière la tête…

— Je connais un endroit, finit-elle par dire. Suivez-moi.

Nous marchons un moment sur l'Embarcadero, le boulevard qui longe le front de mer vers le nord-est.

Nous laissons les docks à notre gauche. À notre droite se déroulent les lignes de tramway et, au-delà, dissimulés par le brouillard, les collines et les buildings de San Francisco.

Seul le dernier tiers du Coit Tower, un édifice dans le plus pur style Art déco, sort de la brume. Sa construction a été rendue possible grâce à la contribution de Lillie Coit, une femme pompier, joueuse invétérée et fumeuse de cigares qui, dans les années 1920, s'était rasé la tête pour se faire passer pour un homme – à cette époque, même à San Francisco, le jeu était réservé à la gent masculine. J'ai toujours été fasciné par son histoire. J'aime les rebelles.

Nous laissons l'Embarcadero derrière nous et nous dirigeons vers le dernier entrepôt à ne pas avoir été transformé en spot touristique. En partie posé sur l'eau, ce bâtiment en tôles ondulées est un témoin de l'Histoire. Sur le côté, nous découvrons une petite porte dont le cadenas rouillé est couvert de toiles d'araignées.

Eve s'arrête et scrute la serrure.

— Je devrais pouvoir trouver quelque chose pour la briser, dis-je.

Eve ne répond pas. Elle prend une profonde inspiration, s'appuie sur le garde-corps au-dessus de l'eau et s'agenouille. Elle tâtonne jusqu'à dénicher un bout de corde recouvert d'algues au bout duquel une petite bouée est attachée. Le couvercle de la bouée est amovible, mais Eve n'a pas la force de l'ouvrir. J'y parviens, moi, au prix d'un effort intense. La bouée contient une clé dont Eve s'empare pour l'introduire dans la serrure de la porte. Nous pénétrons tous les trois dans le bâtiment en écartant les toiles d'araignées et Eve allume la lumière.

Nous nous trouvons dans un grand entrepôt contenant tout un tas d'objets immenses aux formes étranges, sortes de créatures figées dans le temps.

Mais l'ampoule, certainement trop vieille, ne supporte pas le passage du courant et claque, nous laissant dans l'obscurité. Eve sort alors son téléphone portable et s'en sert pour localiser une longue table en contreplaqué. Elle fouille dans un placard, dont elle sort un bâton lumineux qu'on utilise sur les bateaux et, bientôt, l'endroit baigne dans une lumière bleutée.

Je parviens à distinguer les objets disposés dans la pièce. Ce sont des statues qui semblent représenter des formes que l'on trouve dans la nature : arbres, fleurs, nuages, animaux. À côté de moi se trouve un ours immense en pierre blanche. Près d'Eve, je crois reconnaître un tigre bondissant, peut-être un lion.

Sept ou huit animaux de la sorte occupent la pièce. Ces statues ne sont pas strictement figuratives, mais très suggestives.

— Ça fait si longtemps que je ne suis pas venue ici, murmure Eve. Pas depuis sa mort, en fait.

Elle s'assied par terre et parcourt une pile de toiles appuyées sur un mur.

Aislin pose une main sur son bras et lui dit :

— J'aurais tellement voulu connaître ton père.

— Ouais, répond Eve, visiblement émue. Il peignait et dessinait aussi, mais c'est surtout la sculpture qui le passionnait.

Je prends un autre bâton lumineux et m'en sers pour explorer la pièce. L'endroit, chargé d'une énergie particulière, fait penser à un sanctuaire.

— Tu es certaine que ta mère n'aura pas l'idée de chercher ici ? je demande à Eve tandis que je découvre ce qui pourrait être un faucon ou un aigle suspendu au plafond par des chaînes et manifestement insatisfait de son sort.

— Elle ne se souvient même pas qu'il existe, répond Eve.

— Comment est-il mort ?

— Un accident de voiture, à Tiburon. J'avais onze ans.

Je sens mon rythme cardiaque accélérer.

— Où ça ?

— À Tiburon ! répète-t-elle.

Eve a dix-sept ans. Je fais un rapide calcul. Elle hausse les épaules avant d'ajouter un détail important :

— Sur Paradise Road, précisément, la route qui revient sur San Francisco. Une deux-voies, plutôt sinueuse… Enfin, je présume que tu la connais.

C'est indéniable, je la connais bien. De nouvelles pièces s'ajoutent au puzzle. Des pièces dont je n'imaginais même pas l'existence. L'histoire qui m'unit à Eve va bien plus loin que je ne le pensais et nos liens sont bien plus profonds. Je comprends mieux, maintenant, pourquoi Terra Spiker m'a pris sous son aile : la culpabilité.

Parce que son mari a tué mes parents.

Il y a six ans, par une nuit brumeuse, une voiture a tenté de dépasser la leur. Son chauffeur a dû voir un véhicule arriver en sens inverse, ce qui expliquerait sa brusque embardée. Les deux voitures sont allées s'écraser en contrebas contre des arbres et des rochers, après avoir exécuté un nombre invraisemblable de tonneaux. Les occupants des deux véhicules ont été tués sur le coup.

C'est tout du moins la scène que j'imagine dans mes pires cauchemars.

Nous n'avons jamais su si le gars qui a cherché à dépasser mes parents était sous l'emprise de l'alcool. Les voitures ont brûlé pendant des heures avant qu'on ne se rende compte de l'accident. Mes parents ont été identifiés grâce à l'empreinte de leurs dents.

Terra ne m'en a jamais parlé. Ni elle, ni personne d'ailleurs. J'aurais certainement fini par comprendre ce qui s'était passé si j'avais effectué des recherches. Mais je n'avais pas voulu savoir. Tout ce que j'avais compris, c'est qu'un jour mes parents étaient en vie et en bonne santé et que, le lendemain, ils étaient morts.

J'avais refermé la porte de mon univers familial et n'y étais jamais revenu.

— Oui, c'est une route dangereuse, je confirme avant de m'éloigner pour explorer un autre recoin de la pièce.

★

Je fais les cent pas devant les fenêtres crasseuses de l'entrepôt. Il faut absolument que je transfère les données sur un disque dur sécurisé. Le problème est que nous sommes dans un vieil atelier sans accès

Internet. Et si nos téléphones ont tous une connexion, je n'ai aucun moyen d'y rapatrier les fichiers. J'ai besoin d'un ordinateur, même une relique, du moment qu'il est équipé d'un port USB. Mais où en trouver à 4 heures 30 du matin ?

Je suis fatigué et j'ai mal partout. Je me sens cependant bien mieux que cette pauvre Aislin.

— Nous pourrions essayer de dormir, je suggère.

L'entrepôt contient un vieux sofa affaissé, un lit et un fauteuil disposés dans un coin. Il y a même un téléviseur, que j'allume. Je parviens à capter quelques canaux locaux qui ne diffusent encore aucun programme, mais la lumière froide de l'écran, curieusement, nous réconforte un peu.

— Je prends le fauteuil, propose Aislin. Et aussi le sofa. Vous deux, vous vous arrangerez avec le lit ! Ne vous faites pas de souci, j'ai le sommeil lourd. Vous pourrez faire tout le bruit que vous voulez, je ne m'en rendrai même pas compte.

— C'est gentil, répond Eve, mais je me contenterai du fauteuil. C'est moi la plus petite.

Je m'étends sur le sofa en silence. Il y a quelques heures, j'embrassais Eve. J'étais certain d'être éperdument amoureux d'elle. Et je le suis toujours !

Quelque chose a changé, pourtant. Je me tiens là, dans l'atelier de celui qui a tué mes parents. L'atelier du père d'Eve, du mari de Terra Spiker qui a commis des horreurs, qui m'a fait du mal, qui en a fait à Eve et à tant d'autres personnes. Tout cela est tellement compliqué. Et que se passera-t-il lorsque j'aurais révélé toute la vérité ?

— Je n'arrive pas à dormir, murmure Eve. Je n'arrive pas à me défaire de l'image de cette fille... J'aurais préféré que tu ne me montres jamais ces images, Solo.

Je ne lui demande pas à qui elle fait référence. Je me redresse.

— Tu aurais préféré vivre dans l'ignorance ? Je t'ai rendu service, Eve.

— En me dévoilant de telles horreurs ?

— C'est ta mère. Tu as le droit de savoir. C'est même un devoir.

— Être sa fille ne me rend pas responsable de ses actes, ajoute-t-elle. Es-tu responsable de tes parents, toi ?

Je lui laisse le temps de s'asseoir et de respirer profondément.

— Oh, pardon, Solo ! Je suis désolée, j'avais oublié. Je suis tellement fatiguée que je ne sais plus ce que je dis.

— Ce n'est pas grave !

— C'est juste que c'est ma mère. Tu crois connaître quelqu'un, savoir de quoi il est capable, et puis tu te trompes sur toute la ligne.

— Je sais ! La vie est pleine de surprises.

Je me rallonge et ramène le creux de mon coude sur mes yeux pour les protéger de la lumière. Puis je fais semblant de dormir.

30

Adam

J'ouvre les yeux et distingue quelque chose. Une photo.

C'est une photo de quelqu'un que je connais. Son image était déjà là, dans mon cerveau, avant que je ne la voie.

C'est une fille.

L'image s'efface progressivement au profit d'une autre. Cette fois, la fille est au bord d'une piscine, en compagnie d'une autre fille.

La photo s'estompe, puis disparaît, laissant apparaître de nouveau la première fille. Son nom surgit dans ma tête.

Evening. Elle s'appelle Evening.

Je suis assis bien droit sur ma chaise et fixe un moniteur. À quel moment me suis-je installé sur cette chaise ? Comment suis-je arrivé jusqu'ici ? Je n'y comprends rien.

J'approche la main de ma tête et sens une bande étroite, puis des fils, des douzaines de fils qui s'en échappent. Que m'est-il arrivé ? Des milliers d'images d'individus défilent dans mon esprit, mais aucun d'eux n'a de fils qui sortent de la tête.

Une nouvelle image d'Evening apparaît.

J'aime cette fille. C'est une évidence. Une réalité. Je dois l'aimer car elle m'a conçu.

Des images d'elle défilent dans mon esprit. Certaines sont fixes, d'autres animées. Elle est installée devant une console et prend des décisions qui me concernent.

Je me vois au travers de ses yeux à elle, en cours de construction, partiel et incomplet. Elle a choisi mes cheveux, mon visage. C'est elle qui a sculpté mon buste, dessiné mes jambes parfaitement musclées.

Je m'appelle Adam et je suis parfait.

Parfait pour Evening.

Mon visage est celui auquel il lui est impossible de résister. Ma peau est celle qu'elle rêve de caresser. C'est elle qui a dessiné mon corps. Elle veut que je sois son compagnon. Elle m'a conçu pour ça.

Personne ne m'a expliqué tout ça, mais je le sais et j'en déduis mes propres conclusions.

Je réalise, soudain, que personne ne m'a jamais parlé. Je suis simplement… arrivé. Ici, assis sur cette chaise, venant de nulle part.

Je suis habillé, je ne peux donc pas voir les jambes parfaites qu'Eve a sculptées pour moi, ni mes abdominaux précisément dessinés ou mon torse musclé.

— Comment suis-je arrivé ici ? dis-je à haute voix.

C'est la première fois que je parle. Je fouille dans ma mémoire pour confirmer cette information. Est-ce possible que ce soit réellement la première fois ? Ne me suis-je vraiment jamais adressé à personne ?

Je viens de naître et cette idée me trouble. Mais ma mémoire me dit que ce n'est pas ainsi que les choses se sont déroulées. Elle me parle d'utérus, de mères, d'accouchements, de cris d'enfants.

Pourtant, je suis né mature. Je ne suis pas un de ces bébés faibles et dépendants. Je suis déjà grand et fort. Et j'aime Evening.

— Tu as toujours été ici, me dit une voix.

Une femme se tient devant moi. Elle est grande, belle et brillante.

— Toujours, ça n'existe pas, je réponds. Rien n'existe pour toujours.

— Le néant persiste, affirme-t-elle.

J'ai le sentiment qu'elle est en train de me tester.

— C'est faux ! Dès l'instant où quelque chose existe, le néant est impossible. C'est en réalité le néant qui ne peut persister, puisqu'il conduit à l'existence. Le néant qui précéda le Big Bang s'est effacé. Le rien est devenu un tout.

La femme opine de la tête.

— C'est très bien. Tu as correctement digéré toutes les informations. Selon toute évidence, ton intelligence fonctionne à merveille. Je crois entendre un étudiant en première année de philosophie qui prend très au sérieux ses études, peut-être trop d'ailleurs. Evening va adorer.

— Je continue cependant de me demander comment j'ai bien pu arriver là !

— Accepte qu'il s'agisse d'un mystère, répond Terra Spiker. Comme le Big Bang en est un. À un instant donné, c'est le néant. La seconde d'après, un univers est né.

— Evening m'a créé.

— C'est exact. Et à présent tu vas partir à sa recherche et tu vas la ramener ici. Elle reviendra pour toi.

— Où est-elle ?

Terra Spiker se tait un instant. J'en suis à me demander si elle a bien entendu ma question. Mais elle est en train de réfléchir, les plissements de son front en témoignent. Le visage qu'elle donne à voir correspond à celui qui est enregistré dans ma mémoire.

— J'ai une idée de l'endroit où elle peut se trouver, finit-elle par dire.

— Et si elle ne veut pas venir avec moi ?

— Elle viendra, me confirme Terra Spiker. C'est le destin de tous les créateurs : ils tombent toujours amoureux de leur création.

31

Eve

Il fait gris. Le jour s'est levé sans grande conviction, accompagné d'un froid polaire. Un matin ordinaire pour San Francisco, quelle que soit la saison. Le brouillard n'est pas aussi épais que la nuit passée, néanmoins, et on peut espérer qu'il se lèvera un peu plus tard dans la matinée.

Solo ne va pas tarder à se réveiller. Ses premiers mots concerneront à coup sûr la clé USB. Il cherchera un endroit où télécharger les données et les mettre en lieu sûr.

La séquence des événements qui suivront alors relève du cauchemar, même dans mon imagination. Je vois ma mère et ses mains délicatement manucurées coincées dans une paire de menottes argentées. Je vois des agents fédéraux débarquer dans les laboratoires Spiker, réclamer les mots de passe, déménager les ordinateurs et les craquer pour en révéler les secrets. Je vois ma mère derrière des barreaux, vêtue de la tenue orange des prisonniers. Elle qui déteste l'orange.

Je la vois au tribunal. Elle sera évidemment accompagnée des meilleurs avocats, mais les pires accusations viendront de sa propre fille. Au minimum, elle sera contrainte de signer un accord et perdra son empire. Ce sera la fin des horreurs.

Mais ce sera la fin, aussi, des activités menées au niveau 1. Celles qui pourraient soulager des millions d'individus et en sauver des dizaines de milliers.

Tout cela me dépasse, pour le moment. Je dois me concentrer sur mes priorités. J'ai été manipulée comme un vulgaire cochon d'Inde. J'ai été modifiée. Je suis le fruit d'une expérience génétique. Pour me sauver, des crimes odieux ont été commis et des monstres cauchemardesques ont été créés.

Je ferme les yeux et me remémore les images de ces créatures.

Mais, très vite, je les écarte de mon esprit et fixe mon attention sur les toiles de mon père, adossées contre le mur tels des dominos. Elles sont belles. Certaines sont même très belles. Natures mortes, paysages, quelques visages rapidement croqués. Réalisées au fusain pour la plupart, quelques-unes à l'aquarelle. L'une d'elles me représente lorsque j'étais bébé, avec mes joues rebondies et une seule dent que j'arbore fièrement.

Je m'attarde sur la dernière toile. Il s'agit du portrait de ma mère que mon père a commencé aux pastels à l'huile, puis abandonné. On sent qu'il a été travaillé maintes fois, que mon père a lutté pour révéler l'expression du visage.

Les yeux reflètent une touche de vulnérabilité, la bouche une certaine douceur. Manifestement, mon père aimait profondément ma mère.

Je repense à leurs disputes sans fin, à leurs silences glacials. Est-il possible qu'ils se soient un jour aimés ? A-t-il vu en elle quelque chose qui m'aura toujours échappé ?

Je sors de ma poche mon dessin plié en quatre et le compare au portrait. J'étudie chaque trait, chaque tache, en faisant mine de parcourir d'un crayon imaginaire la surface de la feuille.

— Qu'est-ce que tu fais ? me demande Aislin.

Elle est toujours dans un sale état, et tellement belle. Elle se blottit contre moi et pose sa tête sur mon épaule.

— Sortons ! je lui propose dans un murmure. Je ne veux pas réveiller Solo.

Elle sourit.

— Tu es sûre ?

La brise est forte et transporte avec elle les parfums de l'océan. Je regarde l'eau sous nos pieds. Une otarie pivote dans notre direction, espérant sans doute son petit déjeuner. Je doute qu'elle puisse trouver de quoi pêcher dans la baie. Les otaries, ici, sont habituées aux burgers et aux restes de tortillas.

— Je n'ai rien pour toi, lui dis-je en montrant mes mains vides.

Elle s'éloigne alors en glissant sur l'eau, plonge et disparaît.

— Tu devrais dormir encore un peu, Aislin !

— Devoir n'est pas trop mon genre !

— J'ai cru le constater, lui dis-je en souriant.

— Et toi ? Fais-tu toujours ce que tu devrais faire ?

Bonne question, à laquelle je n'ai pas de réponse.

— Il y avait quand même des trucs horribles sur l'ordinateur ! poursuit-elle. Qu'est-ce que tu comptes faire ?

Je laisse échapper un soupir.

— Je n'en sais rien ! Je devrais faire quoi, selon toi ?

Elle se met à rire.

— Tu es en train de me demander mon avis ?

— Tu sais, Aislin, je ne suis pas toujours d'accord avec ce que tu fais. Mais tu es quelqu'un de bien et ton avis m'importe.

Elle prend alors ma main et la serre doucement. Visiblement, elle ne croit pas un traître mot de ce que je viens de lui dire.

— Alors, selon toi, que dois-je faire ? j'insiste.

— C'est toujours compliqué d'aller à l'encontre de sa famille, me dit-elle.

— Ma mère le mérite. Si toutefois elle est vraiment responsable de toute cette histoire.

Un sourire amer se dessine sur le visage d'Aislin.

— Rappelle-toi lorsque mon père a eu cette maîtresse, Lainey, et que ma mère l'a jeté de la maison pendant un temps. Elle a fini par changer d'avis et l'a laissé revenir. Et puis ma mère a un sérieux penchant pour l'alcool, mais cela n'empêche pas mon père de continuer de l'aimer. Quant à moi… malgré tout ce que je leur fais endurer, ils ne m'ont toujours pas fichue dehors !

— Ils ne savent même pas où tu te trouves ! Vraiment, Aislin, es-tu en train de me servir ta famille comme un exemple ?

Ma remarque est aussi sévère qu'irréfléchie.

— Je leur ai dit que je restais avec toi à Tiburon, proteste-t-elle. Ce n'est pas de ma faute si nous n'y sommes plus.

— Désolée que mes problèmes aient pris le dessus sur tes petites histoires !

Je viens de donner un coup à notre amitié en me comportant comme une sale gosse de riches. Je me déteste. À l'instant où les mots sont sortis de ma bouche, je me détestais déjà. Je voudrais me couper la langue, mais c'est trop tard, le mal est fait.

S'ensuit un long silence. Aislin me laisse la possibilité de faire marche arrière, mais je ne saisis pas ma chance et ne me l'explique pas autrement qu'en imaginant que je dois mériter sa colère.

Elle rentre à l'intérieur du bâtiment sans ajouter un mot et je reste seule à contempler la mer. Je sais que je suis dans l'erreur : ce n'est pas moi que je dois détester, mais bien ma mère.

Lorsque Aislin ressort de l'atelier, elle a récupéré son sac à main et passe devant moi sans me prêter la moindre attention. Je ne dis rien et la laisse filer, sentant monter une irrépressible envie de pleurer.

Mon comportement me fait honte, mais ne voit-elle pas que j'ai besoin d'elle pour tenir le coup ? Ne sait-elle pas tout ce que j'ai enduré ? J'ai presque été tuée. J'ai découvert que ma mère est une criminelle. J'ai échappé aux griffes de sales types qui travaillent pour elle.

Tout est si confus dans mon esprit. Comment être certaine que Solo m'a dit la vérité ? Après tout, je ne le connais pas plus que cela. Un baiser, si bon soit-il, fait-il de lui un être digne de confiance ?

Espèce d'idiote, ta meilleure amie vient juste de s'en aller !

C'est incontestable, je suis émotionnellement dépendante d'Aislin. Et je me pose tout à coup la question de savoir si je n'ai pas été manipulée par Solo. Après tout, c'est un pro de la technologie. Qui me prouve que ces images sont vraies ? Peut-être les a-t-il créées de toutes pièces pour servir son dessein de vengeance. Il déteste suffisamment ma mère pour ça.

Et si je prenais un taxi pour rentrer chez Spiker ? Et si je lui racontais tout ?

Non, je délire. Mes blessures auraient dû mettre des semaines à guérir. Cela ne fait pas l'ombre d'un doute. Et mon instinct me dit que ces photos sont vraies. Le cochon. La fille. Cet abruti de tatoué posté devant un abominable spectacle.

Le tatoué. C'est lui qui est sorti comme une furie de l'appartement de Solo. C'est peut-être lui, le coupable, et ma mère serait innocente… Cette alternative me conviendrait davantage.

Je suis gelée. Je vais prendre mon téléphone et l'appeler. Aucun risque qu'elle me localise, j'ai désactivé le GPS. Il faut que je lui donne une chance de s'expliquer. C'est peut-être une mauvaise personne, mais c'est tout de même ma mère ! Si elle ne me donne aucune explication, je confierai la clé USB à Solo.

Il ne fait pas beaucoup plus chaud dans l'atelier. En allant chercher mon sac à main, je me rends compte que Solo n'est plus dans le sofa. Où peut-il bien être ? Je l'appelle en vain et en déduis qu'il est parti pour accomplir sa mission. Je fouille mes affaires. La clé USB n'y est plus.

32
Adam

Le ferry qui me conduit à San Francisco ne m'est pas étranger, bien que je n'aie pas souvenir de l'avoir déjà emprunté. Le chauffeur de Spiker m'a déposé, un portefeuille contenant de l'argent et une carte de crédit dans ma poche, sur le quai d'embarquement. Je dispose également d'un téléphone qui fait à peu près tout ce qu'on lui demande. Il peut même répondre à mes questions.

Je connais un tas de choses. Je sais où acheter le billet du ferry et comment monter à bord. Je sais déjà à quoi ressemble le terminal de l'autre côté de la baie. Je connais parfaitement cette baie, et pourtant c'est la première fois que je la traverse.

Le ferry part de Tiburon – « requin », en espagnol. Je ne parle pas cette langue, mais je connais la traduction de ce mot.

La cafétéria à bord est pleine de voyageurs. Ai-je envie d'un café ? Je n'en sais rien.

Terra Spiker m'a dit que je digérais bien les informations. Mon intelligence fonctionne correctement, tout comme mon corps. Mais personne ne m'a dit ce que j'aimais et ce que je n'aimais pas. La seule chose dont je sois sûr, c'est que j'aime Evening Spiker. C'est elle qui m'a conçu.

Je traverse la cafétéria. Je connais le protocole qui permet de commander un café.

— Que désirez-vous ? me demande une employée derrière le comptoir en me regardant fixement.

— Un cappuccino.

— Autre chose ? Une viennoiserie ?

— Non. Pas de viennoiserie.

— Cela vous fera trois dollars et dix cents.

Je sors mon portefeuille et lui tends la monnaie nécessaire.

Pendant que j'attends mon café, les gens me dévisagent. Certains hommes ont l'air de ne pas m'apprécier, mais toutes les femmes semblent aimer me regarder.

Un couple attend sa commande à ma droite. Le garçon a dans les vingt ans, la fille guère moins. Le garçon, se rendant compte que sa copine me dévore des yeux, s'interpose entre nous. Elle se glisse alors subtilement sur le côté et me sourit en se mordillant la lèvre inférieure.

Mon café est prêt. Je le prends et remercie la serveuse.

— Merci à vous, me répond-elle avec un immense sourire.

Comme le ferry est sur le point d'accoster, je me dirige vers la sortie et me rends compte que des gens me suivent. Certains se bousculent et se pressent.

Le soleil est en train de se lever derrière la forêt d'arbres qui couvrent Angel Island et le brouillard s'étend jusqu'à la ville.

Une idée me traverse alors l'esprit. J'essaie de penser à ce qui se trouve à l'est de cette région. Je pousse mes pensées jusqu'à une ville appelée Berkeley, dont je connais parfaitement le plan, rue après rue. Au-delà de cette ville, mes idées sont moins précises. Je sais que quelque part se trouvent une ville appelée Chicago, et une autre, New York. Je sais vaguement qu'il existe un endroit baptisé Europe.

Tout cela est très intéressant : mon éducation n'est pas exhaustive. Je connais beaucoup de choses sur la manière de retrouver Evening, mais quasiment rien sur le reste.

Je m'appuie au bastingage, à l'avant du ferry. Une jeune femme s'approche de moi.

— Pardonnez-moi de vous déranger, me dit-elle. Êtes-vous mannequin ?

— Non, je réponds, intrigué. Pourquoi ?

La jeune femme secoue la tête avec regret.

— Vous devriez le savoir, observe-t-elle.

— Il y a beaucoup de choses que je ne sais pas !

— Vous êtes le plus bel homme que j'aie vu de toute ma vie !

— Vraiment ? Je vous remercie.

— Vous devriez être mannequin ou star de cinéma, poursuit la jeune femme, visiblement très troublée. Vous devriez au moins faire des pubs…

— Il me ferait acheter n'importe quoi, intervient alors une femme d'une quarantaine d'années accompagnée de ses deux enfants. Tout ce qu'il veut !

Ces commentaires me mettent mal à l'aise. Heureusement, nous sommes bientôt à quai et je m'éloigne parmi les passagers pressés de descendre.

Terra Spiker m'a confié la liste de trois endroits où chercher Evening. Je dois commencer par la maison familiale. Elle est située en banlieue, dans un quartier appelé Sea Cliff. Je peux marcher jusque là-bas, prendre une série de bus ou appeler un taxi.

Le seul taxi que je rencontre n'est pas en service, je devrais donc marcher ou prendre le bus. En me voyant passer, cependant, le chauffeur du taxi démarre, traverse la rue et s'arrête à ma hauteur.

— Je vous emmène ? me propose-t-il.

33
Eve

La panique me gagne. Je pourrais téléphoner à Solo, mais je ne connais pas son numéro. Où se trouve le cybercafé le plus proche ? Une fois l'endroit localisé sur mon téléphone, je m'y rends au pas de course.

Tout s'est passé trop vite. Je ne peux pas laisser Solo condamner ma mère avant de l'avoir entendue.

Le cybercafé est fermé. Merde ! Je scrute les alentours, complètement désespérée. Je me trouve dans le quartier des affaires ; une naine au pays des géants, la Transamerica Pyramid d'un côté, le bâtiment de la Bank of America, de l'autre. Je prends la direction de ce dernier, hésite, puis m'arrête. Je ferme les yeux pour tenter de me calmer. J'aimerais tellement être dotée de super-pouvoirs. Je rouvre les yeux et scrute les alentours. Rien. Personne, à l'exception d'une vieille sans-abri qui pousse un Caddie devant elle en marmonnant :

— Je lui ai bien dit que ça allait… Je lui ai bien dit que ça allait…

La schizophrénie peut trouver ses racines dans la génétique. Ce genre de maladie terrible pourrait peut-être être guérie si l'on développait des recherches adaptées. Mais cette pauvre femme serait-elle d'accord pour être soignée si elle savait que la découverte de son traitement a impliqué la création d'êtres monstrueux ?

Évidemment, elle le serait ! Qui ne le serait pas ?

Mais où donc Solo a-t-il bien pu aller ?

Je prends conscience, soudain, qu'il pourrait être n'importe où. Il n'a pas besoin d'un cybercafé ou d'une bibliothèque. Il y a des ordinateurs partout, ici, il suffit de se servir. Solo aura certainement réussi à entrer quelque part. À l'heure qu'il est, les données confidentielles de Spiker sont peut-être en train de circuler librement sur le Web. Et il n'est pas le seul responsable. Je le suis également.

— Va te faire foutre, Solo ! dis-je amèrement. Tu peux aller au diable !

En proie à un grand désarroi, je reprends le chemin de l'atelier de mon père. Je m'arrête dans une cafétéria pour y commander une tasse de café. J'en ressors chargée d'une douzaine de donuts tout juste sortis du four et en dévore deux sur le chemin.

Lorsque j'arrive devant la porte de l'entrepôt, celle-ci est exactement comme je l'avais laissée, non verrouillée. Une partie de moi aimerait qu'Aislin soit là à m'attendre et me charrie en me voyant arriver les bras chargés de pâtisseries. Une autre partie voudrait que Solo soit revenu, lui aussi. Je pourrais alors lui hurler dessus, puis me jeter dans ses bras et le dévorer de baisers.

J'engloutis un troisième donut et entre.

À l'instant où je franchis le seuil, je sais que je ne suis pas seule. Les rayons du soleil qui traversent les fenêtres du toit éclairent le sommet des statues gigantesques, qui me regardent férocement. Ils éclairent également une partie de son visage.

— Evening ? me demande-t-il.

— Adam !

34
Solo

Au vingt-septième étage de l'immeuble de la Bank of America se trouve un immense cabinet d'avocats. C'est une jeune femme visiblement stressée et agitée qui se charge ce matin de l'ouverture. Elle se dirige vers la porte d'entrée et fouille dans son sac à la recherche de ses clés. Elle finit par les trouver, déverrouille la serrure et se précipite vers les bureaux. Je glisse la pointe de mon pied pour empêcher la porte de se refermer et me faufile à l'intérieur.

Les lumières de la salle d'accueil ne sont pas allumées et il fait encore sombre. La juriste a pris le couloir de gauche, je vais donc à droite. Certains bureaux sont verrouillés, d'autres largement ouverts.

Les ordinateurs sont plutôt récents, mais ce n'est pas le plus important. Il me faut juste une sortie USB !

Je pénètre dans un bureau et referme la porte derrière moi. La vue qu'il offre sur California Street est absolument magnifique.

L'ordinateur est protégé par un mot de passe. J'essaie les basiques : 1234 ; QWERTY ; YTREWQ ; 0000 et quelques autres, mais en vain. Celui ou celle qui se sert de cet ordinateur n'est pas idiot. C'est tout du moins ce que j'en déduis, jusqu'à ce que je trouve un Post-it collé sur la table, sur lequel le mot de passe a été inscrit. Pas si malin que ça, en définitive !

J'insère la clé dans le port correspondant et en copie le contenu. L'opération est d'autant plus longue que les fichiers sont lourds, puisqu'il s'agit surtout de photos haute résolution.

Une fois la copie achevée, il me suffira d'attacher le dossier à une douzaine de messages électroniques : à CNN, au *New York Times*, à différents membres du Congrès tous bords confondus, à mes contacts d'un collectif de pirates informatiques, au FBI.

Je saisis les adresses dans le même message. Tous sauront qui d'autre aura reçu les documents, il n'y aura donc aucune dissimulation possible.

Il ne reste qu'à cliquer sur « Envoyer ». Un geste déconcertant de simplicité.

Ensuite, il suffira de laisser la journée s'écouler avant de recueillir les premières réactions. Le monde ne bouge pas plus vite. Dans quelques jours, quelques semaines tout au plus, le FBI fondra sur Terra Spiker. Le Congrès planifiera des audiences. Les documents et les fichiers seront saisis. Et puis, pour finir, des menottes viendront enserrer les poignets de Terreur, de Tommy le Tatoué et de quelques autres.

Je reste assis, immobile, à contempler l'écran de l'ordinateur. Un crime a été commis, plusieurs même. Certains actes sont plus que criminels ; ils sont diaboliques.

Mais ce serait mentir que de faire croire qu'il s'agit là de ma seule motivation. Je hais Terra Spiker pour la vie qu'elle m'a offerte. Pour m'avoir traité comme l'un de ses esclaves après la mort de mes parents. Pour m'avoir séquestré comme un vulgaire prisonnier dans le monde verrouillé de Spiker Biopharm. Pour m'avoir infligé ce qu'elle a infligé à Eve, sa propre fille.

Me viennent alors à l'esprit les bribes d'une réplique de Shakespeare. Il y est question de chaos. Je la trouve rapidement sur Google :

Carnage ! et alors seront lâchés les chiens de la guerre.

Un signal à l'attention des soldats qui autorise ces derniers à brûler, piller et violer.

Shakespeare a employé cette phrase dans deux de ses pièces. Il devait l'apprécier.

Je lis un peu plus loin :

Ne criez pas : tue ! quand vous devriez lancer un simple mandat.

Mon attention se fige sur ces mots. Vraiment, Solo ? Es-tu en train d'hésiter ? N'as-tu pas attendu cet instant toute ta vie ?

Lâcher les chiens de guerre !

Ou bien… un simple mandat.

Je me sens tout à coup stressé et crispé. Frustré.

Vraiment, Solo ? Une simple recherche sur Google suffit à t'arrêter dans ton élan ?

Une recherche sur Google et… un baiser. Voilà, sans doute, la raison qui m'empêche de lâcher mes chiens de guerre.

Je suis un guerrier, pourtant. Je suis un chien de guerre. J'ai passé des années à échafauder ma vengeance et, tout à coup, ma volonté s'effiloche à cause d'un baiser et d'une réplique de William Shakespeare ?

S'il n'y avait que ce baiser… Mais il y a aussi cette descente en rappel dans ses bras. Si j'approche un peu plus mon doigt de l'écran, si je clique sur « Envoyer », tout ça ne sera plus que souvenir.

Le problème, c'est que je sens encore ses jambes enserrer ma taille et le goût de ses lèvres sur les miennes. Ce n'est d'ailleurs pas seulement sa douceur qui m'émeut, c'est aussi le sentiment que ma vie tout entière s'apparente à un rayon laser qui vient de changer brusquement de cap après avoir percuté un miroir. Se peut-il que j'aie fait fausse route jusque-là ? Mon histoire, finalement, n'est peut-être pas celle à laquelle je pensais.

Justice et revanche ? Ou Eve ?

Ma main recule imperceptiblement comme si je craignais de me brûler en touchant l'écran. Mon cœur bat à tout rompre. Mon attention se porte sur ma main. C'est elle qui semble décider. Et, manifestement, elle pense que je serais idiot de préférer la vengeance à l'amour.

Je crois que ma main a raison.

Je ne peux prendre cette décision seul. J'ai besoin d'Eve pour cela.

35

Eve

— Evening ! me répète-t-il.

J'opine de la tête aussi vigoureusement que possible, incapable de sortir le moindre son. Il se tient là, devant moi ! Mais c'est impossible. Il ne peut pas être réel ! Je dois rêver !

Adam est plus grand que ce que je m'étais imaginé. Ses yeux sont vivants, incroyablement vivants. Il a l'air curieux, concerné. Manifestement, il me connaît.

C'est le plus bel homme que j'aie jamais vu. George Clooney, Johnny Depp et Justin Timberlake feraient pâle figure à côté d'Adam.

Je me demande, alors, s'il sait dire autre chose que mon prénom. J'adore sa manière de le prononcer. J'aimerais tant qu'il me le dise encore.

— Je te cherchais, ajoute-t-il.

— Hein ?

— Ta mère m'a envoyé te chercher.

Ce qu'il dit est forcément vrai et son honnêteté me surprend.

— Es-tu censé me le dire ?

— Je ne sais pas, répond-il.

Il ne sourit pas, ne hausse pas les épaules, ne cherche pas à esquiver mon regard. Je réalise alors qu'il est absolument impassible, qu'il n'a acquis aucun tic, aucune expression révélant une émotion. Le voir ainsi devant moi me laisse sans voix. Cette créature est tout droit issue de mes rêves, et elle se tient là, debout, à quelques mètres de moi. C'est moi qui l'ai dessinée, modélisée. C'est moi qui lui ai donné vie, qui l'ai conçue jusque dans ses moindres détails.

J'ai envie de le toucher, juste pour m'assurer qu'il est bien réel et non le fruit de mon esprit embrumé et exténué. J'ai envie de le toucher juste… pour le toucher ! Et puis, après tout, rien ne m'en empêche. Il me laissera faire parce qu'il est à moi, si absurde que cela puisse paraître. Mais sait-il, au moins, qu'il est à moi ? Je l'interroge :

— Sais-tu *qui* je suis ?

Je ne lui demande pas seulement s'il connaît mon prénom, mais qui je suis *réellement*, ce que je suis *pour lui*. Je lui demande s'il connaît le rôle que j'ai joué dans sa propre existence. C'est le genre de questions que j'ai maintes fois entendues dans la bouche de ma mère, notamment lorsqu'elle était fâchée contre moi : « Mais sais-tu qui *je* suis ? », avec l'accent sur le « je ».

C'est sans doute complètement fou de le penser, mais ce garçon beau comme un dieu est à moi. Et je veux qu'il le sache. Tu es ma possession, Adam ! C'est ainsi que j'aimerais le lui dire. Mais d'où me vient ce genre d'idée ?

— C'est toi qui m'as conçu, me répond Adam. Je suis ta création parfaite. Ton âme sœur.

— Tu sais donc tout ?

Il semble hésiter.

— Je ne pense pas savoir tout sur tout, Evening.

Je voudrais lui demander d'arrêter de prononcer mon prénom, parce que, à chaque fois, ça me fait frissonner de la tête aux pieds. Je ne veux pas frissonner. Je ne veux pas que, d'une seule parole, il bouleverse mon équilibre émotionnel.

Je reste silencieuse, tandis qu'il poursuit :

— On m'a fait ingérer un certain nombre d'informations. Il s'agit d'une technique encore rudimentaire, de sorte que ces informations ne sont pas exhaustives. Je suis encore en évolution, en cours de formation. Je possède des connaissances mais pas encore d'expérience.

— Ça ne te rend pas foncièrement différent des autres garçons ! je remarque sur le ton de la plaisanterie.

Mais a-t-il le sens de l'humour ? Je lui ai fourni les codes nécessaires, mais a-t-il une expérience suffisante pour reconnaître une blague lorsqu'il en entend une ?

— Tu m'as fait différent des autres garçons ! répond-il simplement.

Cela pourrait s'apparenter à une réponse spirituelle, et je suis prête à l'accepter parce que je ne peux m'imaginer entretenir une relation avec un garçon dénué de sens de l'humour.

Une relation ? Reviens sur Terre, ma fille ! Qui te parle de relation ? C'est moi qui l'ai créé, certes, mais ce n'est que le fruit d'une expérience très intéressante. Adam est mon *projet*, en aucun cas une *relation*.

Une partie de mon cerveau me montre pourtant cet individu, ce fruit de mes talents créatifs, comme un crime ambulant. Réel ou non, vivant ou fabriqué, peu importe. Adam ne devrait pas être ici. Quelqu'un lui a insufflé la vie et l'a mis au monde. Et cela, c'est une terrible erreur.

Quoi qu'il en soit, je ne peux rester près de lui sans réagir. Je ne pense pas, d'ailleurs, qu'il existe une seule personne, homme ou femme, qui puisse fréquenter cet Adam sans éprouver la moindre réaction.

Adam est une œuvre d'art.

— Bien !

C'est la seule conclusion que je puisse proposer pour l'instant, probablement parce que mon esprit est trop occupé à refréner mon envie insatiable de le dévorer des yeux.

— Qu'est-ce que ma mère t'a dit de faire une fois que tu m'as trouvée ?

— Elle voudrait que tu rentres.

— C'est tout ? Sans un mot d'excuse ou d'explication ? Elle ne t'a rien dit d'autre ?

— Elle m'a dit d'autres choses, mais je ne crois pas qu'elle souhaitait que je te les transmette. Il s'agissait davantage d'observations.

— Des observations ?

— Des constatations, plutôt !

J'incline légèrement la tête, intriguée. Il en fait autant mais s'interrompt de lui-même. Lorsque je l'ai programmé, j'ai fait en sorte que ce garçon ne se laisse pas influencer. Je lui ai donné la possibilité de se fier à son jugement personnel.

— Tu te souviens de ces constatations ?

— Oui. Il s'agit des premières choses que j'ai entendues.

— Tu peux m'en faire part, s'il te plaît ?

— D'accord ! acquiesce-t-il, plissant le front comme si se souvenir des paroles de ma mère constituait pour lui un effort. « Ce n'est rien qu'une tête de mule ! Elle a hérité ça de moi. Elle est convaincue qu'elle ne me doit rien, elle ne se rend pas compte que c'est moi qui lui ai tout donné, elle n'en a toujours eu que pour son père. Dommage, ma chérie, parce qu'il est mort et je suis tout ce qu'il te reste. Et maintenant, elle fricote avec cet imbécile de Solo, ce traître. J'aurais dû les séparer et, comme une idiote, je les ai laissés se rencontrer. Je vais détruire ce monstre, je le jure. Après tout ce que j'ai fait pour lui ! Je l'ai ramassé, je l'ai sauvé alors que ses parents sont des criminels. Mais sait-elle au moins ce qu'ils ont fait à son père ? »

Je lève la main pour l'interrompre :

— Quoi ?

— Veux-tu que je répète ? J'ai probablement oublié quelques mots.

— Qu'a-t-elle dit ensuite ?

— C'est tout ! Elle n'a rien dit d'autre. Elle semblait agitée.

— Elle l'est toujours !

— Elle a seulement ajouté : « Mais ça ne te concerne pas. Tu ne dois rien dire de tout cela à Evening. »

— Mais alors pourquoi m'as-tu tout raconté ?

Il sourit. C'est la première fois que je le vois sourire. Je lui ai fait des dents magnifiques, parfaites. Mais je n'avais pas dessiné son sourire exactement comme cela. Par quelle alchimie ai-je obtenu ce sourire ? Quels sont les éléments de la composition qui se sont subtilement combinés pour parvenir à ce résultat ? De nouveau, un frisson me parcourt l'échine et une vague de chaleur m'envahit. L'envie de toucher Adam me submerge et j'ai bien des difficultés à la maîtriser.

Je suis obligée de secouer la tête et de me répéter la question que je viens de lui poser pour m'aider à revenir sur Terre.

— Je ne suis pas une machine, Evening ! Je suis un homme et tu m'as conçu pour être libre. C'est bien ce que tu as fait, n'est-ce pas ?

— Oui, bien sûr !

L'ai-je véritablement conçu pour être libre ? Ai-je cette responsabilité ? À bien y réfléchir, la réponse est oui, je l'ai fait libre ! Mais qu'ai-je donc fait d'autre pour lui ?

Me revient alors en mémoire ce jour où Aislin et moi étions au laboratoire. Elle, reluquant Adam sur l'écran géant et m'imaginant tellement plus puritaine que je ne le suis en réalité. Je revois les premières images d'Adam : ses yeux flottant dans un espace virtuel et qui sont à présent tellement plus beaux sur son visage. Je me souviens de ses épaules que j'ai créées de toutes pièces, de son estomac que j'ai conçu. Je me remémore chaque étape et je suis troublée.

Adam est devant moi en chair et en os, d'une indescriptible beauté. Et c'est pour cela que Solo souhaite anéantir ma mère. L'existence d'Adam est-elle réellement un crime ? Dans quel monde complètement fou et irrationnel cette œuvre d'art, mon œuvre d'art, serait-elle criminelle ?

Mon téléphone sonne, mais je n'y prête guère attention. Je prends alors conscience qu'il a déjà sonné plusieurs fois et que c'est sûrement important.

— Pardonne-moi, dis-je à Adam.

Je ne sais pourquoi j'ai le sentiment qu'il me faut avoir une attitude formelle avec Adam. Je ne connais pas encore les règles du jeu et mieux vaut rester dans les limites de la cordialité. Il est vrai que je ne m'étais jamais imaginé, jusque-là, que je m'entretiendrais avec l'extraordinaire fruit de ma créativité.

Je fouille mon sac à la recherche de mon téléphone sans pouvoir quitter Adam des yeux. Je m'excuse de nouveau et finis par dénicher mon portable, qui affiche un message : « On a tiré sur Maddox. Hôpital général de San Francisco. S'il te plaît, viens ! »

J'ai honte de me l'avouer, mais j'hésite. Qu'ils aillent au diable, tous les deux, je suis occupée ! Pourtant, un sentiment qui vient du fin fond de mon âme me dit qu'il faut que j'y aille.

Je suis sur le point de demander à Adam de m'accompagner, puis, après réflexion, je me dis que je n'ai pas créé cet individu pour qu'il soit timide, timoré et asocial. Je ferais peut-être mieux de le laisser ici pour qu'il se fasse de nouveaux amis.

— Adam ! je finis par dire. Viens avec moi !

36

Adam

Si je fais abstraction de son apparence physique, elle n'est pas précisément comme je me l'imaginais. Plastiquement, Evening est un concentré de jeunesse et de beauté féminine, et cela corrobore l'idée que je me faisais d'elle.

Mais sa manière de réagir ne correspond pas à ce que j'avais en tête. J'ai appris qu'elle était têtue, difficile, naïve, très intelligente, très talentueuse, promise à un brillant avenir.

Ces phrases résonnent encore dans mon esprit : « Evening est promise à un brillant avenir. Elle peut faire tout ce qu'elle souhaite. Absolument tout ! Cependant, elle préfère gâcher sa vie en se préoccupant d'une garce toxico qui rate tout ce qu'elle entreprend. »

Ayant parlé avec elle, je peux confirmer qu'elle est effectivement intelligente. Je ne peux néanmoins dire si elle est, ou non, promise à un brillant avenir.

Tandis que nous remontons l'Embarcadero en courant, je lui demande :

— La personne que nous allons secourir, s'agit-il de ton amie, cette garce toxico qui rate tout ce qu'elle entreprend ?

Evening s'arrête net.

— Pardon ? Qui t'a dit ça ?

Et elle ajoute avant que j'aie le temps de répondre :

— Aucune importance. Je connais la réponse.

Nous reprenons notre course et grimpons dans un tramway qui tarde à repartir.

— Ne crois pas ce que dit ma mère, déclare Evening.

Je sens alors une grande inquiétude me submerger.

— Mais, Evening, tout ce que je sais, c'est ta mère qui me l'a appris. Je ne peux cesser de croire tout ce qu'elle m'a dit...

Nous sommes assis l'un à côté de l'autre. Sa cuisse et son épaule sont collées aux miennes. Nos visages se font face, à quelques centimètres l'un de l'autre.

— Je..., commence-elle à me dire.

Mais sa voix n'émet qu'un coassement étrange. Ses yeux se ferment lentement, comme si elle s'endormait. Et doucement, tout doucement, elle se rapproche de moi.

Et puis, soudain, ses yeux se rouvrent et je distingue dans son regard quelque chose qui pourrait être un signal d'alarme.

— Il faut que je m'assoie ailleurs, dit-elle en se redressant brusquement.

— Pourquoi ?

— C'est comme ça !

Elle n'a pas bougé.

— Où ?

— Quoi ? Qu'est-ce que tu dis ? me demande-t-elle, ses yeux sur le point de se refermer. Ah ! Là, oui ! En face de toi, c'est mieux !

Elle se lève au moment où le tramway emprunte un virage serré, et perd l'équilibre. Pour éviter qu'elle ne tombe dans l'allée, j'enserre son abdomen à l'aide de mon bras droit. Elle glisse alors vers le sol et mon bras se retrouve bientôt à la hauteur de sa poitrine.

Le tramway accélère et la tête d'Evening bascule sur mes genoux.

Nous sommes les seuls passagers à bord.

Elle se débat pour tenter de se remettre sur pied, mais sans réelle conviction.

— Ô mon Dieu ! s'exclame-t-elle d'une voix tendue.

Puis, comme s'adressant à un autre que moi :

— Debout ! Il faut absolument que je me lève… Maintenant ! Sinon… Non, ce n'est pas possible. Debout !

D'un mouvement brusque, elle pousse sur ses jambes, se lève et se jette violemment dans le fauteuil d'en face. Elle émet un long soupir et passe frénétiquement la main dans ses cheveux.

— C'est bon ! Je peux le faire ! dit-elle encore à son compagnon invisible.

Vingt minutes plus tard, nous atteignons l'hôpital.

37
Eve

L'entrée des urgences est surmontée d'une enseigne qui désigne le lieu dans lequel nous nous apprêtons à pénétrer. J'ai le sentiment que cette entrée est réservée aux ambulances, mais peu m'importe. Nous suivons deux infirmiers transportant une civière sur laquelle est allongé un homme, visiblement dans un état d'ébriété avancée.

— Purgatoire ! Purgatoire ! crie l'homme à qui veut l'entendre.

Personne n'a fait attention à nous, jusqu'à ce que les brancardiers remarquent Adam. Leur attention se détourne alors de l'objet de leur mission au point que la civière se met à vaciller dangereusement. Une femme médecin sort au même instant pour s'allumer une cigarette. Elle tire une bouffée et manque de s'étouffer lorsqu'elle découvre le spectacle qu'offre Adam.

L'alcoolique, un gars qui frise la soixantaine, probablement un clochard, s'arrête tout net de crier et regarde lui aussi mon compagnon, l'air totalement déconcerté.

— Excusez-nous ! dis-je aux brancardiers.

Personne ne semble m'avoir entendue. Personne n'a même constaté ma présence. Situation vexante. C'est vrai, j'existe, après tout !

Nous suivons le brancard dans la salle des urgences, où l'agitation est frénétique. Des infirmières gesticulent, des médecins courent, tous ont l'air exténués. Rien à voir, cependant, avec l'hystérie des séries télévisées. Ici aussi, les médecins sont certainement préoccupés par leur vie amoureuse, mais ils ne laissent rien paraître de leurs tourments.

En entrant dans la pièce, Adam a brisé la glace qui figeait l'atmosphère. Je me sens un peu responsable et inquiète, car des gens pourraient mourir tandis que l'attention des médecins est ainsi détournée. Je m'arrête devant le bureau d'accueil et demande à l'infirmière :

— Où se trouve Maddox Menlow, s'il vous plaît ?

Suis-je réellement transparente ? La femme censée me répondre, les yeux rivés sur ma créature, n'a pas même fait semblant de s'intéresser à moi. Je me retourne alors vers la salle et crie :

— Aislin, où es-tu ?

— E.V. ?

Un rideau blanc s'ouvre alors sur une salle de soins et Aislin apparaît. Elle court dans notre direction et se jette dans mes bras.

— Ils viennent de l'emmener au bloc opératoire, explique-t-elle.

— Dans quel état est-il ?

Ses yeux traduisent toute la détresse du monde.

— On lui a tiré dessus. Il a pris une balle dans l'estomac. C'est... les médecins ne savent pas me dire. Y avait du sang partout ! C'était horrible.

C'est curieux, mais je m'imaginais que si Maddox prenait bel et bien une balle, il serait touché au pied ou au genou, mais pas à un organe vital. Je me sens toute remuée.

— C'étaient les mêmes gars ?

Aislin semble embarrassée par ma question.

— Écoute, me dit-elle. En fait, il ne leur a pas donné l'argent, les neuf mille dollars. Il s'en est servi pour acheter des trucs qu'il voulait revendre pour faire une marge dessus. Comme ça, il aurait remboursé les gars et aurait pu garder quelques dollars.

Je ne parviens pas à réprimer ma colère. J'ai réussi à lui obtenir cet argent, ce n'était pas pour qu'il s'amuse à marchander avec !

— Est-ce qu'ils ont attrapé les gars ?

Aislin secoue la tête.

— Je sais ce que tu penses ! me déclare-t-elle, les yeux brillants de larmes. Je sais ce qu'il a fait et j'ai bien compris, maintenant, qu'il fallait que je coupe les ponts avec lui. Mais ce n'est pas une raison pour souhaiter qu'il meure !

— Bien sûr !

En vérité, je ne pense plus qu'Aislin soit capable de quitter Maddox, qu'il soit blessé ou en bonne santé. Elle reviendra vers lui comme elle l'a toujours fait. Elle ne se sortira jamais de cette spirale infernale dans laquelle elle s'est fourrée. Avec Maddox ou avec n'importe qui d'autre !

Et moi ? Quels sont mes plans ? Aider Solo à détruire ma mère ? Et puis quoi ? Errer dans la ville comme une SDF, accompagnée de ma magnifique créature ?

À l'heure qu'il est, Solo a certainement mis son plan à exécution. Les données dévastatrices sont probablement déjà sur le Net, ce qui veut dire que l'avenir de ma mère est scellé.

— Allons boire un café, dis-je à Aislin.

Tandis qu'elle se mouche bruyamment, je la prends par le bras et l'entraîne jusqu'à la cafétéria. Nous commandons un café bien serré et nous installons à une table. Soudain, je m'aperçois que j'ai laissé Adam derrière nous, dans la salle des urgences.

— Tout ira bien. Ne t'inquiète pas, je murmure.

— Je n'en sais rien, me répond mon amie, l'air misérable.

Elle doit penser que je faisais allusion à Maddox. Puis, prenant conscience que j'existe, moi aussi, elle me demande :

— Que s'est-il passé avec Solo ? Vous l'avez fait ?

Pour une fois, je sais que ce n'est pas au sexe qu'Aislin fait référence.

— Il a embarqué la clé USB et il a disparu.

Elle me dévisage, interloquée. Elle ne sait visiblement pas quoi dire. À sa place, je me trouverais certainement dans la même situation.

Pourquoi est-ce que j'aime autant cette fille ? Certainement parce qu'elle continue de se préoccuper de mon sort alors même que toute sa vie est en train de s'écrouler. J'ai parfois l'impression que je ne suis pas une aussi bonne amie pour elle qu'elle en est une pour moi.

— Et… ta mère ? ajoute-t-elle.

Je hausse les épaules, l'estomac noué. Toute mon attention s'était focalisée sur Adam et j'en avais presque oublié que Solo s'évertuait à détruire ma propre mère. Mais comment pourrais-je m'en vouloir ? Adam est si… parfait !

— Je ne peux rien te dire de plus, Aislin. Tout ce que je peux faire pour le moment, c'est te présenter *quelqu'un.*

— Comme tu voudras ! As-tu un Kleenex sur toi ?

Tandis que j'achète un paquet de mouchoirs au distributeur, je me dis que cette rencontre est certainement prématurée et qu'elle risque de compliquer encore les choses. En tendant le paquet de mouchoirs à Aislin, je lui dis :

— En fait, ça peut attendre un peu ! Tu le rencontreras bien assez tôt.

Quelqu'un vient alors s'asseoir à notre table sans nous en demander l'autorisation. Choquée par son attitude grossière, je lui jette un regard réprobateur. Le gars est d'origine asiatique, une vingtaine d'années tout au plus. Il porte un blouson de cuir vert et il me faut quelques secondes pour réaliser qu'il s'agit du type du Golden Gate Park.

Le visage d'Aislin s'empourpre instantanément.

— Dégage de là, espèce de fumier ! grogne-t-elle.

Le type la dévisage en croisant les bras, absolument pas intimidé.

— J'imagine qu'aucune de vous deux, mesdemoiselles, ne détient sur elle douze mille dollars en petites coupures ! Je me trompe ?

— C'était neuf mille, pas douze mille ! je proteste.

Il hausse gentiment les épaules et sourit.

— C'est exact ! Mais c'est sans compter les intérêts ! Nous ne sommes pas la banque fédérale. Nos taux d'intérêt sont bien plus élevés.

Il remarque ma surprise.

— Oh, tu te dis que je ne suis qu'un voyou dénué d'intelligence et d'éducation. Les gens de mon monde le sont parfois, mais ce n'est pas mon cas ! Il me reste trois modules à passer pour obtenir ma licence d'économie.

— Dans ce cas, tu devrais être suffisamment intelligent pour trouver un autre job, non ?

En guise de réponse, il rit silencieusement.

— Si ma mère était milliardaire, c'est probablement ce que je ferais. Tu sais ce que le chômage signifie pour un gars de mon âge ?

Je n'en ai aucune idée, mais je suis certaine qu'il pourrait m'aider à trouver la réponse.

— Je n'ai pas un centime ! j'objecte.

— Ce n'est qu'une question de temps, répond-il calmement. Maddox avait l'argent, n'est-ce pas ? Ce qui veut dire que cet argent venait de toi. Je me trompe ? Sa petite copine ici présente n'est pas plus fortunée que lui, aussi j'en déduis que c'est toi qui as joué le rôle de la banque.

Il s'enfonce un peu plus dans son fauteuil.

— Va en chercher plus ! ordonne-t-il. Vingt mille, pour Terra Spiker, c'est l'équivalent de vingt-cinq cents pour moi.

Il sort un quarter de la poche de son jean et s'amuse à le faire glisser entre ses doigts.

— C'est à ça que vingt mille correspondent pour ta petite maman, poursuit-il en désignant la pièce.

— Ma mère a des…

— Mais tu sais ce que cela signifie pour Maddox ? m'interrompt-il. La vie ! Sa vie.

Bizarrement, ses yeux sombres expriment de la compassion. Comme s'il s'inquiétait réellement du sort de Maddox. Peut-être est-ce d'aillcurs le cas ? Peut-être n'a-t-il pas envie de le tuer ?

Mes questions trouvent une réponse lorsqu'il ajoute :

— Je déteste voir les gens terminer de cette manière. Sais-tu comment j'aimerais que les choses se finissent ? Viens me voir ce soir, et tu le sauras. Je t'enverrai un message t'indiquant l'endroit où me retrouver et tu m'apporteras un sac contenant treize mille dollars.

— Il y a une minute, c'était douze.

— Aïe, aïe, aïe ! Cette terrible inflation nous plongera tous dans la misère. Ce soir, ce sera treize !

Alors qu'il s'éloigne, je l'interpelle :

— Tu n'as même pas mon numéro.

— Bien sûr que je l'ai, me répond-il sans même se retourner.

— Comment suis-je censée…

— Laisse tomber ! m'interrompt Aislin en posant sa main sur mon avant-bras. Tu sais quoi ? Ne fais rien, tu en as déjà fait assez comme ça. Vraiment. Ce n'est pas ton problème.

— Mais tu es ma meilleure amie, Aislin. Bien sûr que c'est mon problème.

Son regard est chargé de gratitude, mais il se détourne très vite du mien, et Aislin se lève sans ajouter un mot pour rejoindre un médecin en train d'attendre son tour à la caisse, une tarte aux pommes entre les mains.

— Vous êtes le docteur qui s'occupe de Maddox ? Comment va-t-il ?

Il répond d'un air grave :

— Il est toujours au bloc et va encore y rester un moment. Il a pris deux balles, vous savez ! On a trouvé des fragments dans la colonne vertébrale et le foie est endommagé. Son gros intestin est perforé et, s'il survit, toutes sortes de bactéries risquent de s'y loger.

— Mais il va vivre, n'est-ce pas, docteur ?

— Il devrait.

Il devrait ? Je regarde Aislin et m'attends à ce qu'elle fonde en larmes. Son visage est pourtant presque impassible. Seuls ses yeux disent ce qui se trame au plus profond d'elle. Sa réaction à l'annonce de ce diagnostic incertain s'est traduite par une lueur au fond de ces yeux. Une lueur fugace, mais une lueur d'espoir, comme si une partie d'Aislin souhaitait que Maddox meure et la libère.

Cette lueur, en tout cas, m'a permis de me décider. J'irai chercher l'argent, simplement parce que je n'ai pas envie de voir ma meilleure amie passer le reste de ses jours chargée du poids de la culpabilité, endossant la responsabilité de la mort de son petit ami.

Maddox vivra et Aislin pourra laisser tomber ce crétin.

38
Solo

Je déambule dans les rues de San Francisco, transportant sur moi des informations qui suffisent à faire plonger la destinée de Spiker Biopharm dans des abysses dramatiques. Mais je suis empli de doute, et l'idée d'arpenter à nouveau les couloirs des labos derrière mon chariot de bagels me glace le sang.

Tommy me tomberait dessus à coup sûr. Son désir de vengeance doit être immense. Mais il ne parviendra pas à me mettre la main dessus, en tout cas pas pour le moment. En attendant, je suis en sécurité. A-t-il deviné que je porte sur moi les données que je lui ai dérobées ? Peut-il imaginer le doute qui m'assaille à l'idée de les révéler ?

Quel est son rôle dans cette affaire ? Il est du côté de Terra, aucun doute là-dessus. Lui a-t-il dit que son petit musée des horreurs a été découvert ?

Et pourquoi cette idée ne me réjouit-elle pas ? La réponse n'est pas longue à venir : Eve. Elle a chamboulé tous mes plans et transformé mon cerveau en tortilla. Depuis que je la connais, je baigne en pleine confusion.

Est-ce la raison pour laquelle je dois absolument la trouver ?

Si, là, maintenant, j'essaie de m'imaginer l'embrassant de nouveau, je me dis que ce deuxième baiser n'aura probablement pas le même goût. Mais mon esprit est trop confus. J'imagine qu'il le restera tant que ce deuxième baiser ne sera pas devenu une réalité, tant que je n'en aurai pas le cœur net.

Quoi qu'il en soit, je dois partir à sa recherche et m'assurer qu'elle va bien. Je dois lui demander son avis sur ce que je suis censé faire. Obtenir sa permission. Non qu'elle soit ma patronne, mais parce que cette histoire la concerne.

Me revient à l'esprit l'image de sa nuque lorsqu'elle était assise devant son poste de travail, confectionnant sa créature supposée simulée. Et la difficulté que j'éprouvais à ne pas y poser un baiser pour sentir le parfum de ses cheveux envahir mes sens.

À cet instant de l'histoire, si j'avais mis mes projets à exécution, elle se serait certainement retournée violemment et m'aurait giflé. Ou peut-être pas !

S'est-elle seulement rendu compte que je suis parti en emportant la clé USB ?

Mon Dieu, pourquoi n'ai-je pas attendu qu'elle se réveille ?

Parce que j'avais peur… alors que je n'ai jamais peur.

La circulation sur l'Embarcadero s'est intensifiée, depuis ce matin. Les tramways passent à un rythme plus soutenu. Un couple gay d'un certain âge marche main dans la main, accompagné d'un petit chien tenu en laisse. Un gars qui fait les poubelles à la recherche de canettes croise une jeune femme vêtue d'un tailleur de marque et chaussée de baskets. Elle marche à vive allure. Se pourrait-il qu'il s'agisse de l'avocate qui, sans le vouloir, m'a laissé entrer dans les bureaux du cabinet, ce matin ?

Je passe à côté d'un groupe qui se rend à l'embarcadère et me dirige vers l'atelier, au bout du ponton, où je vais prendre Eve dans mes bras et l'embrasser passionnément… Ce n'est pas comme cela que ça va se passer, bien sûr. Je commencerai par lui demander si elle est d'accord pour que je détruise sa mère et son empire…

Je m'arrête au bout de l'embarcadère avec la sensation que quelque chose ne tourne pas rond. Mais c'est déjà trop tard, ils sont juste derrière moi.

— On est armés, dit l'un d'eux.

Je les connais. Il s'agit du Dr Chen et du Dr Anapura, deux grosses têtes du labo. Chen est un quadra qui porte en permanence des lunettes, même s'il n'en a pas besoin, certainement parce qu'il pense que ça lui donne un air intelligent. Anapura, elle, a dans les cinquante ans bien tassés. Ses cheveux longs forment une tresse qui lui descend jusqu'aux fesses.

Je ne me laisse pas décontenancer par leur menace :

— Vous bluffez !

Anapura sort alors un objet de sa poche. Ça pourrait être un spray pour les cheveux, mais non. Elle me vaporise son contenu au visage et, quelques millièmes de seconde après, le monde extérieur disparaît sous mes yeux.

★

Je ne m'attendais pas à me réveiller dans un endroit que je connais, mais une chose est sûre : je ne suis pas dans l'atelier du père d'Eve.

L'odeur de moisissure a disparu, tout comme le bruit de l'eau qui vient frapper les piliers du ponton. Pourtant, quelque chose dans l'atmosphère m'est absolument familier.

Je suis de retour chez Spiker !

Des mains puissantes m'attrapent et me relèvent violemment. Ils m'ont mis une cagoule sur la tête. Je suis poussé en avant. Ils m'ont retiré mes chaussures et je sens la moquette sous mes pieds nus. Mes mains sont attachées dans mon dos. Je sens la présence d'au moins trois ou quatre personnes dans la pièce. À l'instant où je m'apprête à hurler, je prends conscience que j'ai été bâillonné avec du ruban adhésif.

Nous passons plusieurs portes et entrons dans un ascenseur. L'ascenseur descend, puis fait halte, et nous en sortons. Après quelques mètres, nous nous arrêtons. Quelqu'un saisit une combinaison sur un panneau de sécurité, puis nous empruntons un nouvel ascenseur qui nous emmène, lui aussi, vers les étages inférieurs. Mais où peut-on bien me conduire ? Je connais les bâtiments par cœur et aucun ascenseur ne conduit plus bas que les garages.

Visiblement je fais erreur, puisque nous continuons de descendre dans les entrailles de la Terre.

Lorsque l'ascenseur s'arrête, je suis poussé à l'extérieur. Je trébuche et me cogne contre quelque chose qui pourrait être un mur, mais qui est trop froid pour en être un. Ça ressemble davantage à une colonne métallique.

Soudain, on m'arrache ma cagoule, et je découvre un endroit aux parois de béton brut, faiblement éclairé par des néons d'ancienne génération. La pièce est immense comme un gymnase. Des conteneurs de différentes formes et de différentes tailles sont disséminés un peu partout. Certains sont à l'horizontale, d'autres sont posés en hauteur ; on dirait des aquariums géants. La plupart contiennent des objets, des créatures, mais certains sont vides. Le plus proche renferme ce qui pourrait être un gorille, si ce n'est que la bête a été rasée ou délibérément conçue sans système pileux. Elle ressemble à un vieux bodybuilder ridé, couleur réglisse. La créature ne donne pas l'impression d'être vivante ; et j'espère bien qu'elle ne l'est pas.

Une femme et six hommes sont présents dans la pièce. Les Drs Chen, Gold et Martinez, un étudiant en doctorat et un type appelé Sullivan qui travaille à la comptabilité. Le Dr Anapura est la seule femme de l'équipe.

La septième personne se tient juste derrière moi.

— Solo Plissken, s'exclame Tommy le Tatoué d'un air satisfait.

Je parcours l'assistance du regard afin de mesurer l'état d'esprit de chacun. Chen et Anapura semblent être les plus déterminés. Les autres donnent l'impression de manquer d'assurance.

— Plissken ? répète Martinez. Comme…

— Vous ne saviez pas ? le coupe Tommy. Vous n'êtes donc pas au courant des petites histoires du labo ?

Il se déplace de quelques mètres pour entrer dans mon champ de vision et ajoute :

— Oui, Plissken, comme Dr Jeffrey Plissken et sa chère épouse Isabel, ces brillants chercheurs d'avant-garde, prétendants au Nobel.

Tommy s'approche de moi et arrache le ruban adhésif de ma bouche.

— Laisse mes parents en dehors de tout cela, dis-je tout en prenant ma première goulée d'air.

— Mais c'est une petite main, proteste Martinez, un homme à tout faire.

— En réalité, il est plus brillant qu'il ne le paraît, ajoute Tommy. Ses parents jouissaient tous deux d'un QI avoisinant les 170. Leur progéniture n'est pas un imbécile non plus. N'est-ce pas, Bagel Boy ?

Il s'approche et me dévisage avec arrogance. Il ne parvient pas à dissimuler le plaisir qu'il éprouve à faire son petit numéro devant les autres. Je tente de lui décocher un coup de tête, mais je rate ma cible et Tommy a le temps de bondir en arrière pour parer mon attaque.

— Comment m'avez-vous trouvé ?

— Eh bien, Solo, tu as subi quelques petites modifications, n'est-ce pas ! Je présume que tu sais que tu jouis du même potentiel de guérison que ta petite copine !

Bien sûr que je suis au courant, mais je réponds stupidement :

— Elle n'est pas ma petite copine !

— Tu ne te l'es pas encore tapée ? On ne peut pas dire que ce soit une beauté, mais elle est quand même mignonne, non ? Et puis elle est plutôt bien foutue !

— Personnellement, je me la ferais bien ! ajoute Chen.

— Inutile de tenir des propos sexistes, s'interpose Anapura.

Tommy semble irrité par son intervention, mais il poursuit :

— C'est plutôt malin d'avoir cherché à semer nos hommes dans la brume, mais ils ont retrouvé l'endroit où vous vous êtes amarrés et je savais où se trouve l'atelier d'Austin Spiker. Ensuite, ça n'a pas été très compliqué de remettre la main sur toi.

— Mais vous n'avez pas attrapé Eve, n'est-ce pas ?

— Pas encore. Elle était partie avant que nous n'arrivions sur place. Mais, pour sa propre sécurité, il serait bon que nous la trouvions rapidement. Aurais-tu l'immense amabilité de me dire où elle se trouve ?

— Tu serais vraiment choqué si je te disais d'aller te faire foutre ?

Tommy grimace et ajoute :

— C'est à peu près ce que j'attendais de toi. Alors, je vais te la jouer courte. Nous avons ta clé USB et, dans quelques heures, nous ferons de toi tout ce que nous voudrons.

— Vous allez me taper dessus ?

— Certainement pas. Nous allons simplement te cloner. Nous allons fabriquer un Solo. Grâce au génie Plissken, nous lui transférerons tous tes souvenirs, et c'est lui qui nous racontera tout. C'est pas beau, ça ?

— Le génie Plissken... Vous m'en direz tant ! Je suis flatté.

Tommy jubile :

— Oui, jeune Plissken, tout cela est exact. Et tu dois te demander quel est le rôle de Terra Spiker dans cette histoire. Eh bien, c'est une businesswoman hors pair mais, côté scientifique, c'est pas franchement ça. Tes parents étaient les vrais cerveaux des labos Spiker-Plissken, comme il eût été logique de les appeler.

Tommy marque une pause et fait claquer sa langue sur son palais, avant de continuer :

— Tes parents seraient tellement déçus de te voir comme ça. Ils ont su mettre la science au-dessus de tout, même au-dessus des lois sans fondement qui régissent la société.

Pendant que Tommy déroule sa tirade, les autres approuvent en opinant de la tête silencieusement. Des vrais croyants, dévoués non à la cause de Terra Spiker, mais à celle de mes propres parents.

— Ils ont su mesurer le potentiel économique d'une telle découverte, poursuit Tommy. Grâce à leurs travaux et à l'interface développée par leur dévoué serviteur, nous pouvons créer des bataillons d'individus formatés pour être commandés. Tu sais combien certains seraient prêts à payer pour cela ? Nous sommes capables de créer des humains de toutes pièces. Des répliques parfaites ou des individus totalement nouveaux.

— Et nous pouvons éradiquer définitivement toutes les maladies génétiques du monde, ajoute le Dr Chen.

Tommy balaie l'idée d'un revers de manche :

— Oui, oui, c'est ça ! Sauver le monde tout en gagnant des milliards de dollars.

— Faire du monde un endroit meilleur ! renchérit le Dr Anapurna.

Je les écoute, mais mes pensées sont absorbées par les révélations de Tommy au sujet de mes parents.

— Mais... mes parents..., je bafouille.

— Ils étaient brillants. L'égal des dieux ! Lorsque Terra s'est rendu compte de ce qu'ils étaient en train de faire, elle les a éliminés et a détruit leurs travaux. Elle a effacé le contenu des disques durs, brûlé tous leurs papiers.

Tommy lève alors les bras au ciel.

— C'était un crime ! Et elle a envoyé Austin à leurs trousses, et on sait comment ça s'est terminé.

Je secoue la tête. Non, je n'en sais rien. Je ne sais pas comment ça s'est terminé.

Tommy commence à me l'expliquer lorsque le Dr Gold se met à hurler :

— Docteur Holyfield ! Où se trouve la créature de la fille ?

Tommy me regarde, comme figé sur place.

— Qu'êtes-vous en train de me dire, Gold ?

— Le sujet... Adam... Il n'est plus dans son conteneur.

39

Adam

Il me faut un certain temps pour prendre conscience qu'Evening a disparu.

Depuis notre arrivée aux urgences, j'ai profité de l'attention toute particulière d'un médecin. Elle s'appelle Johanna. Elle a détecté un possible dysfonctionnement de mon système cardiaque, ce qui l'a conduite à écouter les battements de mon cœur. J'ai dû pour cela ôter mon tee-shirt et je suis assis sur une table d'auscultation derrière un rideau. Des médecins et des infirmières m'entourent : Adèle, Laura, Stéphanie et Steve.

— Quel âge avez-vous ? me demande le Dr Adèle.

— Ça dépend, je réponds. Vous voulez connaître mon âge apparent ou bien mon âge réel ?

— Je veux juste savoir si vous êtes en âge d'être consentant, m'indique-t-elle tandis que les autres pouffent de rire. Mais, d'ailleurs, à quel âge est-on en mesure d'être consentant ?

— Dix-huit ans, répond quelqu'un dans l'assistance.

— Je ne pense pas que vous ayez dix-huit ans, n'est-ce pas ? s'enquiert le Dr Stéphanie.

— Tout dépend du moment à partir duquel vous vous mettez à compter.

— Moi, il me donne l'impression d'avoir au moins dix-huit ans, dit l'infirmier nommé Steve.

Le rideau s'ouvre soudain sur Evening, accompagnée d'une fille que je reconnais comme étant Aislin.

— Vraiment ? dit Evening, fixant le Dr Adèle, qui tient son stéthoscope à la main et bredouille quelques mots inaudibles.

— C'est… Ô mon Dieu, mais c'est toi ! s'exclame Aislin, décontenancée.

— Allez, Adam, allons-y ! me crie Evening.

— C'est vraiment toi ! répète Aislin.

— Oui, c'est bien moi.

J'ai dans l'idée qu'elle me fait une plaisanterie.

— Je suis Adam… Adam…

Je prends conscience, alors, que je ne connais pas mon nom de famille. Tous les médecins ont un nom de famille écrit sur leur badge. Moi aussi, je devrais en avoir un. Comment Terra a-t-elle pu oublier d'ajouter cette information dans mon cerveau ?

— Allons-y, vite ! s'impatiente Evening.

Mais je suis comme paralysé à l'idée de ne pas avoir de nom de famille alors que tous ceux qui m'entourent en ont un. Je m'adresse alors à Evening :

— Quel est mon nom de famille ?

— Quoi ? Mais qu'est-ce que ça peut faire ? Il faut vraiment qu'on y aille. Allez, dépêche-toi !

Un nouveau médecin entre et dévisage Evening, qui visiblement le reconnaît.

— Vous êtes Evening Spiker ? demande-t-il.

— Tout juste. C'est… euh… un plaisir de vous revoir. C'est bien vous qui vous êtes occupé de moi lorsque j'ai eu mon accident ?

— Mais… vous marchez ? questionne le médecin.

— C'est exact.

— Et sans assistance ?

— Oui, c'est… comment dirais-je ? Génial ! Pardonnez-nous, docteur, mais maintenant il faut vraiment qu'on y aille. On nous attend.

— Il faut que je voie votre jambe, insiste le médecin. S'il vous plaît !

— Je suis trop timide ! objecte Evening.

— Montrez-moi votre jambe. Ne faites pas l'enfant.

Evening hausse les épaules.

— Après tout, cela n'a plus d'importance, dit-elle. Tôt ou tard, tout se sait.

Elle tente de remonter son pantalon le long de son mollet, mais n'y parvient pas. Elle déboutonne alors son jean et le laisse tomber jusqu'aux chevilles.

Ses jambes sont très jolies. Athlétiques et particulièrement bien ciselées. Mais je me demande bien pourquoi cet homme insiste tellement pour les voir.

— Bonté divine ! s'exclame-t-il.

Evening soupire.

— Le spectacle est terminé ! s'exclame-t-elle en se rhabillant. On y va !

Elle attrape ma main fermement et m'entraîne derrière elle.

Nous nous ruons dans la salle des urgences, noire de monde. Je vois des enfants assis avec leurs parents. Et moi, ai-je des parents ? La réponse est non et c'est sans équivoque. Dès le début, on m'a dit que j'étais différent, et le fait de ne pas avoir de parents n'est pas une surprise en soi. Pourtant, cette idée me dérange terriblement.

— Je veux un nom de famille, dis-je tandis que nous atteignons la sortie des urgences.

— Ce n'est pas le moment, me répond Evening, qui se met à courir pour attraper un bus s'apprêtant à démarrer.

Nous montons et nous asseyons. Les passagers, en me voyant, restent bouche bée. Je commence à m'y faire.

— J'ai besoin d'un nom, je répète. Je me sens mal.

— J'ai toujours aimé Allbright, déclare Aislin.

— Adam Allbright ?

— Ah, au fait, je m'appelle Aislin.

— Oui, je connais ton prénom.

Elle me sert la main et me sourit. Elle a un joli sourire. Différent de celui d'Evening, mais vraiment joli. Son visage porte encore les traces d'une lutte récente. Quelqu'un l'a frappée.

Je secoue sa main et essaie mon nouveau nom :

— Salut, moi, c'est Adam Allbright… Adam Allbright, enchanté de faire votre connaissance.

Evening semble amusée. Je lui demande si mon nouveau nom lui convient.

— Appelle-toi comme tu veux ! me répond-elle.

40

Eve

Je ne l'ai pas remarqué immédiatement, mais, à présent, un détail me saute aux yeux : Aislin ne bave pas encore devant Adam !

Certes, son petit ami est actuellement sur un lit d'hôpital, entre la vie et la mort. Mais je connais Aislin depuis la nuit des temps et je sais qu'elle dispose d'une capacité hors du commun : celle d'enregistrer le visage et les formes de n'importe quel individu séduisant appartenant à la gent masculine, et ce d'un simple coup d'œil.

Aislin n'est pas du genre à regarder un garçon et à le ranger dans une boîte selon qu'elle le considère beau ou non. C'est bien plus subtil que ça. Montrez-lui le cou d'un garçon, elle dessine son buste. Montrez-lui un biceps, elle décrira la cuisse. Montrez-lui une cuisse et… je vous laisse imaginer la suite.

Tout le génie d'Aislin repose dans cette capacité.

Pourtant, dans le cas présent, mon amie semble intimidée. Aislin, intimidée !

Et je me sens soulagée, finalement, car je n'ai pas envie de passer mon temps à la surveiller. Adam est ma chasse gardée !

Si j'en crois l'appli de mon téléphone, nous pouvons descendre au prochain arrêt et attraper un autre bus qui traverse le Golden Gate pour Tiburon. Le trajet semble assez long, mais je ne suis pas si pressée que ça d'affronter ma mère pour lui soutirer l'argent dont Aislin a besoin.

— Bon Dieu, dans quel pétrin me suis-je mise ! me dis-je à voix basse.

— Je ne sais pas, répond bêtement Adam, croyant que je me suis adressée à lui.

Décidément, non, je ne suis pas si pressée que ça. D'autant que, pour réussir mon entreprise, il me faut me recentrer sur la colère que j'entretiens à l'égard de ma mère. Après tout, elle s'est servie de moi pour une expérience biologique !

En même temps, je ne peux pas nier que, grâce à elle, mes deux jambes sont toujours en parfait état de fonctionnement et que je peux encore courir.

Grâce à elle, on ne meurt plus aujourd'hui d'un certain nombre de maladies qui plongeaient jusque-là des milliers d'individus dans de terribles souffrances. Un jour ou l'autre, ces gens-là finissent par mourir, mais Spiker Biopharm leur aura permis de vivre plus longtemps.

Je me rappelle alors les photos terrifiantes de Tommy le Tatoué. Le prix à payer pour ma jambe doit-il être aussi élevé ? Ma mère n'aurait-elle pu mener à bien ses recherches sans générer de telles horreurs ?

Il faut maintenant changer de bus et arrêter de penser à tout ça.

Aislin s'assied seule, tandis qu'Adam s'installe à côté de moi. Son épaule effleure la mienne, et ces quelques centimètres carrés de surfaces en contact sont chargés d'électricité.

— Es-tu triste ? me demande-t-il.

Je suis sur le point de lui souffler une réponse ironique, mais je me retiens. Il n'a pas l'air disposé à plaisanter.

— Si je suis triste ?

Adam me regarde attentivement. Ses yeux, d'un bleu profond et intense, expriment quelque chose de différent. Son regard est sérieux, absolument sincère.

— J'imagine que je suis un peu nerveuse, ou quelque chose comme ça ! Pendant toute ma vie, ma mère a été un modèle de perfection, à la personnalité écrasante. Enfin, je ne t'apprends rien, tu l'as rencontrée.

— Je ne connais pas beaucoup de monde, répond-il. Je ne sais pas juger les gens.

— Alors, considère que ce que je te dis est vrai !

— Tes mots seraient une source de vérité ?

Aurait-il, finalement, le sens de l'humour ? Celui que j'ai programmé pour lui, doux, un brin ironique ! Exactement comme je l'avais conçu.

— Quoi qu'il en soit, ma mère était perchée sur un piédestal inatteignable, inébranlable. Et moi, je la regardais depuis le sol.

— Et tu as également eu un père ? interroge Adam.

— J'étais beaucoup plus proche de lui. Il était comme un pont entre moi, la petite Evening Spiker, et la toute-puissante mère Terra. C'est ainsi que nous fonctionnions. Mon père était une sorte de lien entre nous. Mais il est mort et tout s'est effondré. Dans d'autres familles, j'imagine qu'un décès peut rapprocher ceux qui restent. Pas chez nous. Ma mère est restée satellisée dans sa sphère et je suis restée plantée au sol.

— Elle était dans les nuages ?

— C'est une image, Adam.

— Oui, oui, me dit-il. Je sais que les gens ne vivent pas dans les nuages. C'est impossible.

Est-ce une facétie de sa part ? Difficile de le savoir. Je me tourne vers lui pour le regarder. Nous sommes installés à l'arrière du bus. Les dossiers des fauteuils nous protègent du regard des autres passagers. Aislin s'est endormie.

— Mais qu'est-ce que je fais avec toi, Adam ?

— Tu dois faire *quelque chose* avec moi ?

Aucune réponse ne me vient à l'esprit. Je poursuis :

— Je ne sais déjà pas ce que je dois faire moi-même, dans cette histoire ! Et s'ils mettent ma mère en prison, vais-je vivre avec ma grand-mère ?

— Y serais-tu obligée ?

— Je ne suis pas certaine d'être prête à avoir ma propre maison, tu sais !

— Li-ber-té ! s'exclame-t-il en insistant sur chaque syllabe.

— Responsabilité, je rétorque.

— Ces deux mots fonctionnent-ils de pair ?

— C'est ce que j'ai cru comprendre, en tout cas.

Ses yeux magnifiques sont plongés dans les miens. J'essaie d'oublier leur image lorsqu'ils étaient projetés sur cet écran géant, lorsqu'ils n'étaient que deux sphères flottant dans un univers virtuel.

Je jouis d'un avantage indéniable sur Adam : je peux me souvenir de tout à son propos. Et je sais précisément ce qui se trame au fond de son âme.

— Est-ce que ça signifie que tu es responsable de moi ? me demande Adam.

— Tu voudrais que je le sois ?

Il fronce les sourcils et je suis surprise de distinguer un mouvement de panique au fond de ses yeux. Comment a-t-il fait pour passer aussi vite de la naïveté de l'enfant à l'état de panique existentielle propre aux adultes ?

— Je ne sais pas qui je suis ! me dit-il.

— Tu es Adam Allbright, je réponds en tentant de sourire.

— Je te trouve magnifique, mais…

— J'aime beaucoup la première partie de ta phrase, mais ce qui suit m'inquiète un peu ! je déclare d'un ton amusé.

Comment pourrais-je être insensible à son jugement ? Je suis assise à côté du plus bel homme que compte cette planète. Nos épaules sont en contact et je jurerais que le goût de sa bouche est infiniment doux.

— Veux-tu que je te dise une nouvelle fois que tu es magnifique ? me demande-t-il.

— J'adore les flatteries…

— Ce n'est pas une flatterie, proteste-t-il, c'est ce que je ressens. Je sens que tu es la plus magnifique…

Le bus s'est engagé sur le pont du Golden Gate. Aislin est toujours endormie. Je me tiens à quelques centimètres d'Adam et m'en rapproche inconsciemment. Il maintient son regard plongé dans le mien. J'ai beau essayer de m'en dégager, rien n'y fait, l'attraction est plus forte que moi.

N'y tenant plus, j'approche encore mon visage du sien, et je l'embrasse… mais lui, non !

Ses lèvres sont exactement celles que j'avais imaginées. Je glisse mon bras sous le sien et autour de son corps, ce corps que j'ai conçu pour lui, ces muscles durs que j'ai programmés pour lui.

Adam se dégage de mon emprise et son regard s'assombrit.

— Je ne sais pas ce que je suis censé faire.

Pour ma part, je sais parfaitement ce qu'il devrait faire. Ne sommes-nous pas des animaux en plus d'être des individus intelligents et réfléchis ?

Je caresse son menton parfait. Michel-Ange n'aurait pas fait mieux.

— Rien n'est plus simple qu'un baiser, dis-je.

Nous nous embrassons de nouveau. Un baiser de rêve.

Lorsque nous nous dégageons l'un de l'autre, Aislin nous regarde, un sourire illuminant son visage. Je m'attends à une remarque sarcastique, mais elle se contente d'opiner de la tête et de continuer de sourire béatement.

Adam se tourne vers elle en rougissant. Lorsque je l'ai programmé, j'ai fait en sorte qu'il puisse ressentir des émotions telles que la gêne ou la honte.

— Salut, Aislin, dit-il.

— Salut.

— Il fait un temps magnifique, n'est-ce pas ? ajoute Adam.

Et les voilà partis dans une discussion qui prend des airs de première rencontre amoureuse. J'ai le sentiment, tout à coup, de jouer la cinquième roue du carrosse. La situation me met si mal à l'aise que je vais m'installer à l'avant du bus. Adam se lève dans l'intention de me suivre, mais je l'arrête et lui assure qu'il peut continuer à parler avec Aislin.

De toutes les façons, j'ai besoin de m'écarter un moment pour faire le point et comprendre ce qui vient de se passer. Ce baiser… On aurait dit l'interprétation académique d'une partition musicale jouée sans la moindre émotion.

Ce baiser, en réalité, n'était pas du tout parfait.

41

Solo

— Terra ! hurle Tommy.

— Vous pensez qu'elle y est pour quelque chose ? dit le Dr Chen en sursautant.

— Qui d'autre aurait pu *réaliser* Adam ? s'écrit Tommy, enragé.

— Pourquoi aurait-elle fait une chose pareille ? demande le Dr Gold. Elle ne sait même pas qu'il existe.

— Évidemment qu'elle le sait ! intervient Martinez, un sourire narquois aux lèvres. Comment, sinon, aurait-elle pu le *réaliser* ?

Le Dr Anapura ajoute :

— J'ai vérifié : elle n'est pas descendue ici depuis que les Plissken se sont tués, et aucune caméra, à l'exception de la nôtre, n'enregistre ce qui s'y passe !

— Attendez une minute ! je fais.

Mais personne ne m'écoute.

— Mon Dieu ! s'exclame Chen. Elle sait !

Il remue les pieds comme un enfant apeuré à l'idée de se rendre chez le dentiste.

— Nous allons négocier avec elle, grogne Tommy.

— Négocier avec elle ?

Sullivan, le gars de la comptabilité, blanc comme un linge, prend la parole à son tour :

— C'est moi qui étais chargé des mouvements financiers. C'est moi qui ai transféré les fonds des budgets du niveau 1 à celui du projet Adam, expose-t-il avec une expression de bête traquée. Je vais aller en prison ! Qu'est-ce que je vais dire à ma femme ?

— La prison… très peu pour moi ! hurle Chen.

— Fermez-la ! aboie Tommy. Ne me dites pas que vous avez peur d'une femme près de la retraite ?

Je profite du silence qui plombe l'assistance pour me faire entendre :

— Hé ! Est-ce que vous êtes en train de sous-entendre que Terra Spiker n'est pour rien dans cette mascarade ? Ce n'est pas elle qui tient les ficelles dans cette pantomime ?

Tommy se tourne vers moi, le regard chargé de haine.

— Sais-tu que tu es loin d'être aussi brillant que tes parents ? Eux, au moins, étaient des génies. Peut-être parviendrons-nous à augmenter ton QI de quelques points lorsque nous t'introduirons dans le conteneur qui t'attend !

Dans le conteneur ? Je ne suis pas certain d'avoir bien compris – ou je n'ai pas envie de comprendre.

Je cherche à capter le regard du Tatoué et lui demande :

— Écoutez, docteur Holyfield, il faut que je comprenne. Expliquez-moi !

— Eh oui, gamin ! Tu t'es amusé à pirater mon disque dur mais, en réalité, tu n'as rien appris, n'est-ce pas ?

— Il faut fuir, hurle le Dr Chen. J'ai de la famille dans la province d'Anhui, elle nous accueillera !

Tommy s'approche de moi.

— Tu n'es qu'une chose stupide, Solo. Tes parents étaient des dieux, pour moi. Terra Spiker les a menacés et obligés à quitter la boîte. Sans elle, tu serais milliardaire, à l'heure qu'il est, petit ! Milliardaire !

Même si je devine la réponse, je lui demande :

— Mais pourquoi les a-t-elle menacés ?

— Tu penses qu'Adam est le premier humain à avoir été créé ? Ne crois-tu pas qu'avant d'aboutir à cette perfection il a fallu quelques expérimentations ? Les Plissken ont créé un bébé. Il s'appelait Golem. Mais il est mort à la suite d'un léger défaut dans sa configuration génétique.

— Son sphincter était situé sur son front, ajoute le Dr Anapura.

— Il n'a pas souffert, assure le Dr Gold. Il était mort-né.

— Ce n'est pas vrai ! je proteste dans un profond soupir désespéré.

— Ce n'est pas si simple d'être Dieu, poursuit Tommy. Mais tes parents avaient déjà développé le sérum Logan, grâce auquel tu as pu récupérer aussi vite après ce que je t'ai fait subir récemment.

Il écrase son poing sur mon visage, devant une assistance qui retient son souffle.

— La petite Evening souffrait d'une malformation cardiaque, continue Tommy. Une chirurgie aurait été très périlleuse. Terra a échangé le sérum contre son silence. Puis elle a tenté de les arrêter, de mettre fin à leurs expériences.

— Vous êtes en train de me dire que mes parents étaient des monstres ? dis-je sans exprimer la moindre émotion.

Mais si ce que me raconte Tommy est un tissu de mensonges, pourquoi tous les autres opinent-ils du chef ? Ils étaient tous au courant, et j'étais le seul à ne pas savoir.

— Tout ce que tu vois ici, c'est le travail de tes parents… et le mien ! Je sais ce que tu es en train de penser, petit Bagel Boy. Je sais combien tu peux être conventionnel, hermétique à ce que tu découvres. Tes parents doivent se retourner dans leur tombe à l'idée de voir leur progéniture si fermée au génie de leur création.

Mes parents étaient des monstres. Mais Terra Spiker, qu'est-elle au juste ?

— Regardez, les gars ! poursuit Tommy. Notre Bagel Boy est sur le point de pleurer ! Mettez-le dans le conteneur. On va voir si on ne peut pas le rendre un peu plus malléable.

— Et que fait-on, pour Spiker ? s'enquiert le Dr Gold.

— On va négocier, répond Tommy.

Pas facile de se défendre quand on est ligoté. Je ne me suis jamais avoué battu. Même lorsque je boxe, à deux doigts de la défaite, j'ai toujours l'énergie nécessaire pour ne pas admettre l'échec. Cette fois, pourtant, j'ai la sensation que toute force m'a quitté.

Je lutte avec la puissance du désespoir, mais quelque chose me fait penser qu'après tout je mérite le sort qui m'est réservé. Je ne suis qu'un sombre idiot. Par ma bêtise, j'ai tout fichu en l'air.

Je suis le fils de deux monstres et j'ai presque détruit Terra Spiker. Tandis qu'ils sont en train de me faire entrer dans ce conteneur qui causera ma perte, je ne parviens pas à m'enlever l'idée que j'étais sur le point d'anéantir Terra Spiker, cette femme sur qui je me suis trompé de bout en bout, la seule capable d'arrêter l'horrible machination imaginée par mes propres parents.

42

Eve

La suite du voyage ne se déroule pas comme je l'avais imaginé.

Moi, la créatrice, je suis assise seule à l'avant du bus, tandis que ma créature s'entretient intensément avec Aislin, qui, elle-même, déploie une énergie toute particulière dans la conversation.

Moi qui suis censée être intelligente et fine d'esprit, je me sens terriblement stupide.

Je pense à ma mère qui sera bientôt enfermée dans une prison fédérale. Je pense au garçon chargé de haine qui a précipité son destin. Je me dis qu'Adam est supérieur à Solo dans tous les sens du terme.

Mais je voudrais que Solo soit avec moi, là, maintenant !

Le bus nous dépose à un kilomètre du campus Spiker et nous continuons à pied. Une BMW nous frôle sans prêter la moindre attention à notre présence.

Aislin et Adam marchent ensemble. Je les précède de quelques mètres. Une Porsche débouche à vive allure d'un virage et frôle dangereusement Adam, qui avance sur la chaussée. J'ai le temps de voir l'expression effarée du chauffeur, qui écrase la pédale de frein. Les pneus crissent bruyamment et le véhicule s'arrête quelques dizaines de mètres plus loin, avant de reculer jusqu'à nous. La fenêtre côté conducteur s'ouvre sur un homme d'âge moyen dont le visage me rappelle vaguement quelque chose.

— C'est lui ! crie-t-il en regardant Adam.

— Qui êtes-vous ? je lui demande.

— Sullivan, du département comptable. Je… Ils sont devenus complètement fous ! répond-il, complètement paniqué.

— Mais qui est devenu fou ?

— Tous ! Les scientifiques. Ils sont complètement à la masse !

Je l'interroge en plaçant mes deux mains sur la portière, les yeux rivés sur les siens :

— Que s'est-il passé ?

— Je n'ai rien à voir avec tout ça ! hurle-t-il. Je n'ai fait que transférer l'argent ! Je ne mets pas des gens dans des éprouvettes, moi, ni dans des conteneurs.

Sullivan me lance un dernier regard apeuré, enfonce l'accélérateur et repart à toute allure vers le complexe Spiker.

— Je peux courir après lui, intervient Adam.

Bien sûr qu'il peut courir. Il possède des muscles endurants, des poumons optimisés, des jambes parfaites.

— Ouais, c'est une bonne idée ! j'approuve sur un ton ironique. J'y vais. Toi, prends soin d'Aislin, veux-tu ?

C'est la première fois que je sprinte depuis mon accident. Mes jambes sont ankylosées mais, à ma grande surprise, ma respiration est fluide et facile. J'aurais préféré être en short plutôt qu'en jean, mais la sensation est tout de même très agréable. Elle est même immensément plaisante.

J'atteins rapidement Paradise Drive et laisse les habitations derrière moi. La route dessine un long virage bordé d'arbres d'un côté et d'une colline de l'autre. Je parviens à mon rythme de croisière, maintenant. Je me sens mieux à chaque foulée et retrouve toutes les sensations que je pensais avoir perdues.

À quelques dizaines de mètres sur ma droite, je remarque la présence d'une souche, vestige d'un grand pin. Je sens les cheveux courts de ma nuque se hérisser.

La coupe de l'arbre a eu lieu il y a longtemps. Six ans, précisément.

Je connais cet endroit. Je me suis obligée à y venir une fois, lorsque j'avais treize ans. J'avais alors caressé cette souche, juste pour sentir le bois qui s'accrochait encore à une vie sur le point de le quitter.

C'est comme si un wagon de souvenirs se déversait dans ma mémoire. Me reviennent à l'esprit des images que j'avais soigneusement rangées dans une boîte. C'est ici que mon père s'est tué. C'est cet arbre que sa voiture a percuté lorsqu'elle est sortie de la route, avant de s'écraser en contrebas.

Je voudrais continuer de courir, mais mes jambes refusent. Elles sont passées d'un rythme effréné à celui d'une promenade dominicale, puis s'arrêtent tout à fait.

Je m'appuie sur la souche et me mets à sangloter. Ce n'est pourtant pas le moment. Je n'ai pas le temps. Il faut que je me remette à courir, plus vite encore. Je prends une profonde inspiration et propulse mes jambes, qui m'emmènent vite loin de cet endroit.

★

Depuis la route, il est difficile de distinguer le bâtiment principal du complexe Spiker, dont on ne distingue que le dernier étage. La pente trop raide m'empêche de couper à travers champs. Je dois passer par d'immenses paliers dessinés par la nature sur la colline.

J'approche de l'entrée du garage souterrain et aperçois le cabriolet Mercedes étincelant de ma mère, garé à l'endroit habituel. Elle n'a jamais ouvert la capote de sa voiture.

Je jette un œil derrière moi et m'interroge sur la distance qui me sépare à présent d'Adam et d'Aislin. J'ai peur. J'ai couru jusqu'ici comme si j'avais un plan, mais je n'en ai aucun. Pour la première fois de ma vie, je voudrais être armée. Je scrute le garage à la recherche de ce qui pourrait me servir d'arme. Dans mon esprit se bousculent des dialogues imaginaires et insolites.

« Salut, maman, Solo et moi, on se demandait comment tu allais. Elle est bien jolie, ta blouse. Ah oui, j'oubliais, j'ai besoin d'argent. »

« Bon, maman, maintenant que tu es en prison, est-ce que je peux rester toute seule à la maison ? Allez, maman, dis oui... s'il te plaît... je suis assez grande, maintenant ! »

« Mais... maman... je ne comprends rien à tout ce qui se passe ! »

Un extincteur est accroché à l'entrée du garage. Au moment de le décrocher, je suis surprise par son poids. Il est si lourd que je me demande même comment on est censé s'en servir en cas d'incendie ! Au prix d'un effort qui n'a cependant rien d'insurmontable, j'embarque l'extincteur avec moi dans l'ascenseur. L'accès au bureau de ma mère est protégé par un code. Par je ne sais quel miracle de la mémoire, les quatre chiffres apparaissent clairement dans mon esprit.

Malgré ma terreur et mon épuisement, malgré ce contexte pour le moins perturbant avec Solo, Adam et Aislin, malgré un gang de voyous, un Sullivan épouvanté et ces horribles photos volées sur le disque de Tommy, malgré ces tornades qui ravagent mon esprit, j'ai encore l'énergie de me sentir nerveuse en arrivant près du bureau de ma mère et à l'idée de la discussion qui m'attend.

Pourquoi ? Simplement parce que je risque de la déranger et qu'elle déteste l'être.

J'approche de la porte sur la pointe des pieds. Le bureau de ses assistantes est grand ouvert. Les écrans des ordinateurs sont éteints, et les lumières du bureau, réduites au minimum.

Je colle mon oreille contre l'immense double porte et parviens à distinguer plusieurs voix qui semblent en colère. Rien d'inhabituel, cependant, puisqu'il s'agit du bureau de Terra Spiker.

Malencontreusement, je cogne un pot de fleurs avec mon extincteur. Comme si la plante était en mesure de réagir, je la regarde et émet un « chutttt ! ». Je doute qu'on m'ait entendue mais, au même instant, une voix m'interpelle :

— Hé ! Que faites-vous ici ?

Je me retourne et me retrouve face à un couple. La femme est petite ; elle a la peau mate, des yeux extrêmement pénétrants et les cheveux rassemblés en une longue tresse. L'homme, en sueur, est particulièrement imposant. Sur son badge, on peut lire « Dr Martinez ».

Nous restons un instant à nous observer.

— Êtes-vous venus voir ma mère ?

— Vous êtes ? demande la femme.

— Un incendie s'est déclaré dans le bâtiment ? m'interroge Martinez.

— Ah ! Ça ? C'est pour…

Mais je n'ai pas le temps de terminer ma phrase : le docteur se jette sur moi. Je m'écarte à la vitesse de l'éclair et frappe violemment la porte à l'aide de l'extincteur tandis que Martinez s'écrase contre le mur.

— Martinez ! hurle la femme. Attrape-la !

M'attraper ! Vraiment ? Tout cela semble si burlesque.

— Mais c'est la fille de la patronne, proteste Martinez.

— Aucune importance ! De toute façon, on va buter Spiker, répond la femme d'une voix posée, légèrement teintée d'hystérie.

Martinez n'est pas surpris par la remarque, quoique l'idée de tuer ma mère ne semble pas le réjouir. C'est comme s'il se sentait gêné d'en parler devant moi.

Il avance. La porte du bureau m'empêche de reculer davantage et je n'ai aucun moyen de m'échapper. Vaincue, je lâche l'extincteur, qui roule sur le sol. Et, soudain, la porte s'ouvre.

Ma mère se tient assise derrière sa table de travail. D'une élégance raffinée, comme d'habitude, elle est vêtue d'un tailleur créé par son couturier londonien. Elle porte une montre dont la valeur avoisine les vingt mille dollars et au cou un collier qu'elle a acheté pour une somme équivalente au salaire annuel d'une centaine de familles guatémaltèques. Des effluves de son parfum Bulgari parviennent jusqu'à mes narines. Je ne vois pas ses chaussures, mais je pourrais jurer qu'il ne s'agit pas d'une paire de Nike.

— Evening ! dit-elle de sa voix glaciale. Tu arrives un peu tard.

Tommy, le scientifique couvert de tatouages, est debout derrière elle, accompagné d'un Asiatique et d'un type d'âge moyen, un pistolet à la main. *A priori*, il est le seul à être armé et son revolver retient toute mon attention. C'est fou l'effet que peut faire cet objet : il est capable d'éclipser tout ce qui se passe dans une pièce. Maddox a dû être absolument terrifié avant de recevoir sa balle dans l'estomac.

Aislin et Adam sont là, eux aussi. Mais aucun d'eux n'est armé et ils ne nous seront pas d'un grand secours. Au contraire, leur présence risque de compliquer la situation.

Mais où Solo peut-il bien être ? À l'idée qu'il lui soit arrivé quelque chose, mes mains se mettent à trembler.

— Tommy, Tommy, Tommy ! s'exclame ma mère sur un ton dont la condescendance ferait pâlir un aristocrate. Il serait bon que vous réalisiez que vous ne serez pas capable de gérer tout cela, n'est-ce pas ?

— Espèce de minable ! riposte-t-il. J'ai géré bien plus que cela.

L'insulte jetée à la grande prêtresse des labos Spiker Biopharm semble le surprendre lui-même. La température du bureau a pris dix degrés d'un coup et l'assistance reste sans voix dans l'attente de la réaction de l'intéressée.

— J'ai commis une erreur en vous faisant confiance, déclare ma mère sur un ton de regret.

— J'ai fait une erreur en pensant que vous étiez une scientifique, réplique Tommy.

— Il existe une différence fondamentale entre Gregor Mendel et le Dr Frankenstein, poursuit ma mère.

Tommy ricane :

— Vous me décevez ! Je m'attendais à quelque chose de plus consistant que cette analogie facile.

— La science est un apprentissage, docteur Holyfield. Ce que vous faites n'a rien à voir avec l'apprentissage ou la connaissance, mais avec l'argent et le pouvoir.

— Continuez comme ça, et dans quelques instants vous allez me sortir la tirade du savant qui se prenait pour Dieu !

Tout en s'exprimant avec nervosité, Tommy s'amuse à manipuler nonchalamment son pistolet. S'il tient tête à ma mère, en ce moment même, c'est sans doute parce qu'il n'a pas le courage de tirer.

Ce qui m'arrange bien, dans la mesure où je ne veux surtout pas qu'il lui tire dessus. Je ne veux pas qu'on lui fasse de mal. Je l'aime et elle aussi doit m'aimer, j'en suis presque certaine.

Ma mère écoute attentivement les questions de Tommy. Elle s'est levée et marche maintenant calmement autour de la table de travail. Je ne m'étais pas trompée, elle porte une paire de Prada.

Elle s'arrête devant Tommy. Tous deux sont à peu près de la même taille, mais quelque chose dans l'attitude de ma mère la place quelques centimètres au-dessus de lui. Tommy ne semble toujours pas prêt à utiliser son arme ; il fait même un pas en arrière.

— Vous êtes un petit homme, docteur Holyfield ! dit Terra. Vous êtes petit et misérable. Vous voudriez interpréter le rôle de Dieu ? Je l'ai joué avant vous. Aussi laissez-moi vous expliquer.

Les autres n'ont d'yeux que pour elle. Le silence est de plomb.

— J'ai eu une fille, continue ma mère. Elle est née avec une malformation qui l'empêchait de vivre. Je disposais pourtant d'un remède. Il me suffisait de lui injecter un virus transportant avec lui une modification d'ADN. Elle aurait alors vécu. Mon mari et moi...

Elle marque une pause. Sa voix vient de vaciller, mais je pense être la seule à m'en être rendu compte.

— Mon mari et moi nous sommes longuement interrogés. Pouvions-nous jouer le rôle du Créateur et sauver la vie de notre enfant à l'aide d'un traitement qui n'avait pas encore été éprouvé ? Un traitement qui, de toutes les façons, ne pourrait être testé puisque nous avions enfreint les règles suprêmes pour le créer.

— Excellente autobiographie, l'interrompt Tommy.

— Fermez-la ! rétorque ma mère.

Je regarde l'extincteur, qui a roulé au sol. Je regarde les sculptures de mon père suspendues en l'air, son séquoia géant dont les branches touchent le plafond de l'immense pièce. Je regarde le faucon planant à quelque six mètres au-dessus du sol, et je remarque alors l'expression dramatique de l'oiseau qui fond sur sa proie.

Trois à quatre mètres derrière se trouve la représentation étincelante de l'orage que j'apprécie tant. La sculpture se termine comme une flèche dont la pointe paraît dirigée sur la tête de ma mère. C'est certainement le fruit du hasard, la flèche aurait très bien pu désigner Tommy.

— Aussi ai-je décidé d'employer le traitement, reprend ma mère. Mes associés ont validé mon choix et ont décidé de l'utiliser sur leur propre garçon également. Il était en parfaite santé, mais ils m'ont menacée de tout révéler si je ne les laissais pas faire. Je leur ai donné une dose. Ils pensaient ainsi me tenir.

Un petit sourire se dessine sur son visage tandis qu'elle poursuit :

— Et j'imagine que ce fut le cas ! J'ai toléré leur chantage. Ce qui, vous en conviendrez, n'est pas vraiment digne d'un dieu !

— Ils œuvraient pour la science ! intervient le petit homme qui accompagne Tommy.

— Oh, c'est indéniable, ils étaient brillants ! concède ma mère. Et lorsqu'ils m'ont présenté leur petit cochon à la peau verte, j'ai laissé couler parce qu'ils étaient sur le chemin de grandes découvertes. Mais, au fil de leur travail, j'ai commencé à m'interroger sur leurs motivations et me suis mise à penser qu'ils étaient finalement bien moins brillants qu'ils ne pensaient l'être.

Elle s'arrête un instant, hésite et continue :

— Puis ils ont créé cette abomination incarnée dans les traits d'un enfant, et j'ai réalisé combien je m'étais trompée.

— Oh ! s'exclame Tommy d'une voix faussement compatissante. Est-ce que le petit mutant vous a mise mal à l'aise ? Pourtant, vos grands principes moraux ne vous ont pas empêchée de matérialiser la création de votre propre fille, n'est-ce pas ?

— Il fallait que je le fasse, répond ma mère. Il s'agissait d'un être humain, parfaitement constitué, capable de ressentir.

— Surtout capable de servir d'appât pour récupérer votre fille ! réplique Tommy.

— Ce n'est pas faux ! reconnaît ma mère.

— Épargnez-nous votre angoisse existentielle, espèce de saloperie ! Toute cette histoire vous a rendue immensément riche.

— Faux ! Cela m'a plutôt coûté une fortune. Docteur Holyfield, vous vous trompez ! Je suis devenue riche grâce au brevet que j'ai déposé qui permet d'accélérer la production de vaccins contre la grippe. Chaque fois qu'une dose de vaccin antigrippe est conçue, je touche vingt et un cents. Un milliard de doses à l'année, ça en fait, de l'argent !

Je ne peux m'empêcher de rire, sans trop savoir pourquoi.

— Il n'existe aucun brevet à votre nom, aboie la femme à la tresse.

— Non, c'est exact. Le brevet est au nom de mon mari. C'est amusant. Je le lui avais offert à son anniversaire. Je ne pense pas qu'il ait réellement apprécié.

Sa voix est empreinte d'une certaine nostalgie.

— Peut-être est-ce parce que mon cadeau se présentait sous la forme d'un simple numéro. Et je doute qu'il soit jamais allé chercher ce qui se cachait derrière.

Ma mère se tourne vers moi et me sourit.

— C'était un artiste, tu sais ! Les artistes ne pensent pas comme les scientifiques. Par chance, nous avons eu une fille capable de penser à la fois comme une artiste et comme une scientifique.

Mon Dieu ! Je suis sur le point de fondre en larmes.

Les traits de Tommy se durcissent. Il ne semble pas apprécier que l'attention de ma mère se porte sur moi. Il tend alors son bras et vise la poitrine de ma mère. Je ne peux m'empêcher de hurler :

— Laisse-la tranquille !

— Petite chose ridicule, tu ne sais donc pas qu'elle a tué ton père ?

Terra grimace :

— C'est exact ! Voilà ce qui arrive quand on veut s'approprier le rôle du Créateur.

Un sanglot s'échappe de ma gorge :

— Maman !

— Je l'ai envoyé à la recherche des Plissken, dit-elle.

Elle se rapproche de moi et pose sa main sur la mienne. Je ne me souviens pas de la dernière fois qu'elle m'a touchée.

— Je lui ai dit quelque chose de stupide. Je lui ai dit : « Austin, il faut les arrêter, coûte que coûte. »

— Ton imbécile de père a pris les ordres de ta mère au pied de la lettre ! ricane Tommy. Et après ça, on dit que les scientifiques ne font pas dans la nuance !

— Je n'étais pas certaine qu'ils le feraient, explique ma mère. Je les avais juste virés de la société. Je les ai menacés de les faire arrêter par la police. Ils étaient complètement déséquilibrés, comme ce bouffon tatoué (elle pointe son majeur parfaitement manucuré en direction de Tommy). Mentalement déséquilibrés.

Je craignais pour leur fils. Aussi ai-je envoyé ton père à leurs trousses. C'était la nuit. Il pleuvait. Tu connais cette route… Il les a rattrapés et il y a eu ce terrible accident. Les deux voitures ont dévalé la pente. Ils étaient tous morts lorsque je suis arrivée sur les lieux.

— Écoute, dis-je, la voix vacillante. J'ai aidé Solo. Il a déjà tout envoyé. Toutes les informations au sujet d'Adam. Tout le reste aussi.

Ma mère ne paraît pas surprise.

— J'imaginais bien qu'il s'agissait de quelque chose dans ce genre. Bien, dans ce cas, docteur Holyfield, vous et votre petite bande de mécréants êtes en train de perdre votre temps. Vous ne croyez pas ?

— Nous n'avons aucune preuve de ce qu'elle raconte ! dit Tommy. Il y a quelques minutes, aucune information n'était encore sur Internet.

Pourquoi les informations n'ont-elles pas été diffusées ? Et où a pu passer Solo ?

— Il faut que tout cela ait l'air d'un suicide, ajoute Tommy pensivement.

Il parcourt le bureau des yeux et son regard s'illumine tandis qu'il claque des doigts.

— Meurtre-suicide ! s'exclame-t-il. Voilà la solution ! Elle bute sa fille avant de se donner la mort. Et on fait d'une pierre deux coups.

— Pourquoi tuerais-je ma propre fille ? l'interrompt ma mère.

— Une bagarre qui dégénère ! poursuit Tommy. Tout le monde sait que votre fille vous déteste.

— Ce n'est pas vrai ! je hurle.

— Elle découvre toute la vérité sur vos agissements. Sur la manière dont vous vous êtes servie d'elle comme d'un vulgaire rat de laboratoire.

Tommy semble satisfait de son explication. Il plisse les yeux et continue :

— À propos de découverte ! Comment avez-vous trouvé celle que nous avons faite à votre sujet ?

Elle répond avec un léger sourire.

— Vous n'êtes pas le seul à employer des caméras de surveillance, Thomas.

Tommy semble quelque peu décontenancé.

— Attrapez la fille ! hurle-t-il.

Gold et Martinez tentent de me saisir, mais je me laisse tomber au sol et les deux scientifiques se cognent l'un contre l'autre. Je glisse jusqu'à l'extincteur. Je parviens à le soulever du sol et frappe Martinez avec, envoyant celui-ci bouler sur la table de travail.

Je n'arrive pas à attraper l'extincteur par la poignée pour m'en servir comme d'une arme efficace, mais, en embrassant le corps de l'appareil, je parviens tant bien que mal à l'orienter dans la direction que je souhaite.

Je vise alors l'abdomen du Dr Gold. Je le rate de justesse et l'atteins au genou. À en juger par ses hurlements, l'impact est très douloureux.

— Désolée ! dis-je, un peu décontenancée.

Je trouve une prise plus efficace et fais tournoyer autour de moi mon arme improvisée. Mais je perds l'équilibre et tombe la tête la première.

— Attrapez-la, bande d'imbéciles ! hurle Tommy. Anapura, sautez-lui dessus !

— On m'appelle *docteur* Anapura ! répond celle-ci du tac au tac en me bloquant au sol.

Je sais que c'est un cliché de dire que les scientifiques ne sont bons qu'à leurs recherches, mais si j'avais été en présence d'un groupe de footballeurs, à l'heure qu'il est, je serais morte depuis longtemps.

— Arrêtez ! crie soudain Aislin.

Son cri a détourné l'attention de mes adversaires, et j'en profite pour me dégager de la pression du Dr Anapura. Je sais maintenant ce qu'il me reste à faire.

Je capte à cet instant le regard d'Adam, qui semble attendre les instructions de mon amie. Cette satanée Aislin, tel un taureau enragé, se jette alors sur Tommy et lui tire les cheveux.

Je grimpe alors sur le séquoia géant. J'ai du mal à trouver des appuis sur la paroi glissante, mais je profite de l'effet de surprise pour prendre de l'avance sur mes poursuivants.

Je continue ma pénible progression lorsque j'entends Aislin me hurler :

— Attention !

C'était moins une ! J'étais sur le point de me transpercer la tête avec une « branche » acérée.

— Attrape ce gars ! hurle encore Aislin, à l'attention d'Adam cette fois.

Mais je constate avec un certain détachement qu'Adam semble paralysé. Aurais-je oublié de lui insuffler du courage ?

On dirait que Tommy en a assez du chaos qui règne ici. Il arme son pistolet et le pointe plus fermement sur la poitrine de ma mère. Je sais ce qu'elle est en train de penser à cet instant : je vais encore payer une fortune en blanchisserie.

— Crève ! hurle Tommy.

Du haut du séquoia géant, je me jette dans le vide pour atterrir sur l'extrémité de la sculpture représentant l'orage et crie :

— Maman !

La sculpture vacille sous mon poids. Son extrémité pointue va venir percuter ma mère en pleine tête, à la hauteur de son occipital.

Mais ma mère incline la tête, évitant la pointe de justesse, et celle-ci termine sa course dans la boîte crânienne de Tommy, à l'endroit précis où est inscrit en toutes lettres le nom de son groupe préféré, Pixies.

Tommy s'écroule comme un sac de sable, laissant glisser au sol le pistolet armé.

Adam s'empare de l'arme et la regarde un moment avant de la tendre à Aislin.

Le reste du groupe, pris de panique, est sur le point de fuir le bureau lorsque Aislin pointe l'arme vers le ciel et hurle :

— Donnez-moi une raison de ne pas vous tirer dessus, bande de lâches.

Pour ma part, je suis toujours perchée sur la magnifique statue de mon père encore vacillante. Ma mère, qui ne s'est pas même cassé un ongle pendant la bagarre, claque des doigts à l'attention d'Adam :

— Fais-la descendre tout de suite !

Adam s'exécute et je glisse jusqu'au sol, agrippée à son buste parfaitement musclé. Ma bouche est à quelques centimètres de la sienne. Elle est parfaite. Adam est parfait !

— Solo ! dis-je pourtant. Il faut trouver Solo.

43

Eve

Tandis que le service de sécurité prend en charge le groupe de scientifiques réunis par Tommy, je jette un œil au corps de ce dernier, qui gît à même le sol.

Même si ces derniers temps m'ont rendue un peu moins sensible à la vue du sang, ce n'est jamais très agréable de voir des bouts de cerveau répandus par terre.

Face à ce spectacle, Adam manque de s'évanouir et Aislin est obligée de le soutenir. Elle me regarde d'un air réprobateur.

— Oui, je sais ! dis-je. J'aurais dû insister davantage sur sa bravoure. Mais il sera gentil et dévoué, ne te fais pas de soucis !

— Il va falloir que je fasse changer ce tapis, commente ma mère. Quel gâchis ! Un tapis de cette valeur, en soie du Cachemire, fait à la main qui plus est.

— Il y a peut-être plus important à penser, chuchote Aislin.

— Solo !

— J'ai une idée de l'endroit où ils le retiennent prisonnier, intervient ma mère.

Elle ouvre la voie, c'est un principe chez elle, et nous la suivons.

La pièce est sombre. Ma mère actionne plusieurs interrupteurs, qui déclenchent des éclairages blancs et puissants. Solo est là, dans un conteneur, flottant dans un liquide visqueux et empêtré dans un imbroglio de câbles.

— Solo, je murmure.

Ma mère scrute l'écran d'un moniteur.

— D'après ce que je peux lire là, ses activités cardiaque et cérébrale sont tout à fait normales. Il est vivant. Nous pouvons le délivrer.

— Merci, mon Dieu !

— J'avais l'habitude de vivre ici, chuchote Adam à Aislin.

Aislin tapote son bras.

— Je sais, mon ange, répond-elle.

Ma mère pose sa main sur un levier.

— Tu sais, Evening, me dit-elle, une lueur dans les yeux, c'est peut-être une opportunité pour… intervenir !

Aislin frotte ses mains l'une contre l'autre.

— Vous pourriez lui apporter quelques modifications, n'est-ce pas ?

— Psychologiques, suggère ma mère.

— Physiques, ajoute Aislin. Vous savez… au nom de la science et tout ça !

— Il nous suffit de quelques paramétrages pour le rendre plus… coopératif. Les hommes sont parfois si peu compréhensifs, soupire ma mère.

Je secoue la tête.

— Fais-le sortir ! Maintenant !

— Ne sois pas sotte ! Tu es sûre de toi ? Même pas une infime modification ? insiste ma mère.

— Maintenant !

Il faut environ une heure pour sortir Solo du conteneur et pour le détacher de ses câbles. Nous le transportons ensuite jusqu'à sa chambre.

Toujours enduit de liquide transparent, Solo finit par ouvrir les yeux.

— Je suis en vie ! observe-t-il.

Je lui réponds en souriant :

— Oui, on dirait bien.

Son regard se porte instantanément sur ma mère et je peux voir la terreur qui l'envahit. Il détourne les yeux et s'exclame :

— Mon Dieu, mais que fait-elle là ?

— Eh oui, confirme-t-elle, je n'ai pas disparu.

— Ce n'est pas ce que je voulais dire, proteste-t-il. J'ai…

— Oui, je sais, dit-elle. Tu as tout fait pour me détruire.

— Ce n'est pas vrai, répond-il. J'étais sur le point de le faire. J'aurais pu le faire.

Je l'interroge alors :

— Et pourquoi ne l'as-tu pas fait ?

Il hausse les épaules.

— Ce n'était plus une histoire juste entre elle et moi… Tu étais là, toi aussi ! Je pouvais l'abattre d'un geste, mais je ne voulais pas que tu sois entraînée dans sa chute.

— Mon petit ! s'exclame ma mère d'une voix non dénuée d'affection.

— Tommy m'a raconté l'histoire avec mes parents, poursuit Solo. Je ne savais pas tout ça. Je ne savais pas ce qu'ils étaient. Je pensais que vous n'étiez qu'une manipulatrice ambitieuse, froide et rude.

Ma mère opine de la tête et ajoute :

— Tout ce que tu dis est vrai.

— Mais alors…

Pauvre Solo ! Il ne s'attendait pas à ressentir une telle émotion pour celle qu'il avait détestée toute sa vie.

Solo regarde Aislin et lui sourit. Puis il remarque la présence d'Adam.

— Mon Dieu ! s'exclame-t-il. C'est…

— Je suis Adam. Adam Allbright.

Solo me regarde alors intensément.

— Voici donc ton homme parfait.

Je hausse doucement les épaules.

— Oui… Enfin… je ne cherche pas vraiment la perfection, tu sais !

— Vraiment ? m'interroge-t-il, faussement incrédule. Mais regarde-le ! Ce mec est d'une perfection absolue.

— Merci, dit Adam.

— Et tu me préfères à lui ? insiste Solo. Mais tu es tombée sur la tête !

— Apparemment ! je réponds.

— Je suis trop parfait pour Evening, déclare Adam. Mais tout va bien.

Il sourit timidement à Aislin, avant de reprendre :

— Mais je ne suis pas trop parfait pour elle.

Solo tente de s'asseoir dans son lit, en vain. Je l'aide à se redresser et écarte la mèche de cheveux qui lui tombe sur les yeux.

Son dos n'est pas aussi musclé que celui d'Adam. Ses cheveux ne sont pas aussi doux et soyeux.

Mais je me souviens du baiser d'Adam. Et je me souviens de celui de Solo. Et je n'ai aucun doute sur celui qu'il me plairait de reproduire.

Bon, d'accord, c'est vrai, les deux m'iraient bien, mais c'est sans conteste celui de Solo que je préfère.

Solo me regarde intensément. Ses yeux sont d'une grande beauté, d'un bleu aussi profond que celui des yeux d'Adam, mais avec quelque chose en plus.

— Serais-tu d'accord pour que je te dessine un de ces jours ?

— Serais-tu d'accord pour que je t'embrasse un de ces jours ? me répond-il.

Mes yeux s'illuminent et je lui fais remarquer en souriant :

— Tu es couvert de ce liquide gluant et visqueux. C'est dégoûtant ! Quand tu auras pris une douche.

— Bien vu ! approuve-t-il.

Du bout de son index, Solo suit le contour de mon poignet. Je jette alors un œil derrière moi et constate que ma mère, Adam et Aislin se sont éclipsés. Nous sommes seuls.

— Je peux t'aider à aller jusqu'à la douche, je suggère. Après, tu te débrouilleras.

D'une main visqueuse, il empoigne doucement mon bras, et de l'autre il frotte mes cheveux.

— Toi aussi, tu as besoin d'une douche, maintenant ! observe-t-il d'un air malicieux.

— Ne sois pas idiot ! Tu as vu l'état dans lequel tu es ? Tu as surtout besoin de repos.

Je n'ai pas le temps de finir ma phrase que déjà ses lèvres se sont posées sur les miennes. Je me souviens, alors, que Solo jouit d'une faculté de récupération aussi fulgurante que la mienne. C'est une chance !

Remerciements

Un grand merci à toutes les personnes dévouées, talentueuses et charmantes qui nous ont aidés à créer *Projet Adam* : Holly West, éditrice assistante ; Rich Deas, directeur artistique ; Ashley Halsey, maquettiste ; Dave Barrett, directeur éditorial ; Nicole Moulaison, responsable de production.

Remerciements particuliers à Jean Feiwel, qui est à l'origine du projet et a favorisé notre envie d'écrire ensemble.

Composé par Nord Compo Multimédia
7, rue de Fives, 59650 Villeneuve-d'Ascq

Achevé d'imprimer en septembre 2013
par Normandie Roto Impression s.a.s. à Lonrai
Dépôt légal : septembre 2013
N° 110930-1 (133106)

Imprimé en France